# CG ART

# 梦幻CG

## 插画大师的十堂创意表现课

何雪梦 ◆ 主编

化学工业出版社

·北京·

本书结合丰富的实例，深入浅出地教授了一些最实用的软件使用技巧，同时，注重于引导读者学会独立地构思、搜集和合理地借鉴使用素材的能力，并激发读者研究不同绘画风格的兴趣。

全书共分10章，实例过程截图步骤详细、清晰，讲解语言通俗易懂。以每一张插画的诞生作为一个章节，均从创意思路、搜集灵感素材和构思草图的步骤开始讲解。针对插画所涉及内容和风格的不同，每1章着重介绍不同的工具使用的知识点，以满足不同的表现需要。本书还特别邀请著名幻想艺术家、概念艺术家傅晓晨先生，精心制作了有较高难度的高端教程，介绍如何结合Photoshop绘制插画，以满足更高层次的需要。

本书内容丰富、讲解详细，鼓励读者的参与和再创作。适合电脑绘画爱好者、概念幻想类美术爱好者阅读，也适合相关艺术院校作为插画学习的教材。

**图书在版编目（CIP）数据**

梦幻CG 插画大师的十堂创意表现课/何雪梦主编.
北京：化学工业出版社，2008.9
ISBN 978-7-122-03534-9

Ⅰ．梦⋯ Ⅱ．何⋯ Ⅲ．插画-技法（美术） Ⅳ．J218.5

中国版本图书馆 CIP 数据核字（2008）第126253号

责任编辑：徐华颖 王 斌　　　　　　　装帧设计：王凤波
责任校对：陈 静

出版发行：化学工业出版社(北京市东城区青年湖南街13号　邮政编码100011)
印　　装：北京画中画印刷有限公司
787mm×1092mm　1/16　印张15　字数300千字　2009年1月北京第1版第1次印刷

购书咨询：010-64518888（传真：010-64519686）　售后服务：010-64518899
网　　址：http://www.cip.com.cn
凡购买本书，如有缺损质量问题，本社销售中心负责调换。

定　　价：68.00元

# 前　言

在摄像技术普及的当代社会,现代插画在各类出版物中的应用仍然相当广泛,尤其是随着游戏、动画业的崛起,各类幻想风格的插画、同人插画也有了非常大的需求量。

如今的插画除了传统的写实、纪实类外,更多的插画是需要插画师拥有丰富的想象力、原创力,创作出富有幻想意味的内容,包括古今中外、神魔鬼怪、外星生物等任何可以想到的元素,都可以组合创造出来,吸引读者的眼球。而表现方式的多样化也能满足不同读者的欣赏口味。

从这一点来说,本书的第一宗旨是如何进行对插画的创作构思,对素材的搜集和合理使用与借鉴,并研究出不同的表现风格,以配合画中内容的需要。

在这个讲求效率的社会,插画工作也要求与时俱进,于是随着电脑被发明和普及,就有了CG插画,也就是使用电脑绘画软件为主要工具进行的无纸化绘图工作。说到使用电脑绘画,大部分人准会首先想到Photoshop这一普及率相当高的图像处理软件,本书的编写则着重介绍了插画家们所熟悉的另一个纯为绘画而设计的软件,它就是更专注于绘画技法和笔触的真实模拟的软件——Corel Painter。

笔者长期专注于研究如何用Painter更好地创作插画,以弥补国内对该软件应用介绍不足的遗憾。因此本书的诞生,希望能使更多插画爱好者了解到专业绘画软件在某些方面优于Photoshop的功能,并以此书抛砖引玉,期待读者中有爱好者能尝试出更多不同的绘画风格和效果。这是编写本书的第二宗旨——学会使用更高效专业的数字绘画软件,来快速实现对插画内容的表现,满足市场的需求。

读者可通过本书,学习如何追求对插画内容本身的创意开发和表现;如何通过现代数字绘画软件进行各种视觉传达。

本书由何雪梦完成主要的Painter绘制部分、傅晓晨提供Photoshop结合Painter绘制部分。在编写过程中,特别感谢屈辰晨、姚吉、诸海波、顾小越、吴时及、吴巍等给予的帮助。

虽然我们始终坚持严谨、求实的作风,并追求高水平、高质量、高品位的目标,但不足之处在所难免,敬请读者、专业人士和同行批评、指正,我们将诚恳接受您的意见,并在以后推出的图书中不断改进。

编　者
2008年7月

# 目 录 | CONTENTS

# 本书的宗旨

## 1.1 现代插画、插画家和插画软件

插画，顾名思义的解释就是穿插在出版物中的、以印刷后形式与读者见面的画。

插画家是一个独立的职业，成为插画家的首要条件自然是"能画"，不过这也是最容易"不务正业"的职业。如果一个好插画家，扯开张画布或画纸，只为自己的想法涂鸦了，那可以尊他一声艺术家；如果他酷爱漫画，没准会去亲自画一阵漫画，于是又当起了漫画家；要是酷爱游戏呢？被某游戏公司邀请参与角色设计，于是又当了一回角色设计师！再要是心中有个小故事，画成一本不似漫画的图书呢？那他还是个绘本画家……

等等！可别跟着做梦，以为当插画家就这么四面拉风，孙悟空七十二变！这一切的前提还是此人技术和人品都够牛，所以……继续练画吧，要做插画"家"，先立志当好插画师！另外，还必须具备有思想有内涵、能表达当今社会方方面面的作品，或者满脑子充满奇思妙想创意，否则您是立志做画匠？

以当今社会的丰富多样和高信息高效率为生活环境的我们，"视觉系"、"读图时代"等字眼所代表的艺术文化态度已经成为日常生活的一部分，插画就和照片一样，不仅需求量大增，而且要好看；或者要有个性，不是够唯美，就是要够酷；或者要有想法。总之不足够丰富和吸引人眼球的作品，是与这个社会的需求格格不入的。

插画所承载的不仅仅是一张画，而是社会信息。信息爆炸的时代，看图比看字吸收起来更容易。

由此带来的问题是，纯粹的传统手绘即满足不了生产速度的需求，也满足不了视觉效果个性多样的需求，而只能成为当今插画世界的一个局部。

这里要说到的插画就是后起之秀：数码插画。有了电脑和网络的发明，画插画可以完全无纸化操作，无交通化流通。更令人欣喜的是，电脑上的图像处理软件和绘图软件，使我们可以轻松达到在纸上很困难才能达到的视觉效果，充分丰富了人们挑剔的眼光，满足了人们多样的喜好。

当然，即使光从颜料笔触的角度讲，电脑绘图软件还并未发展到可以彻底替代传统绘画的地步，事实上这也不可能，手绘作品的独一无二感本身就是无法取代的。数码插画只是新成员，是为了提高效率和丰富视觉而诞生的，绝不是来取代谁的，这一点也请大家铭记。

## 1.2 本书所用软件——Corel Painter X

数码插画本身的种类也很丰富，而本书则着重介绍如何用一个叫做Corel Painter的数码绘画软件配合数位板画插画。

Corel Painter是一个现在最为流行的超高仿真专业手绘软件，与市面上另一个流行度超高的图像处理软件Adobe Photoshop相比，他们是亦敌亦友的一对。在图像处理上，人们更偏好使用功能强大、运行稳定的Adobe Photoshop，虽然Corel Painter也拥有一些滤镜功能，这却不是它的强项，又因为对电脑配置要求很高，因此常受冷落。它的强项是高度仿真的笔刷笔触效果和纸张纹理效果，并且它具有非常逼真的仿传统绘画习惯的操作，因此凡是喜欢"通过自己亲手涂鸦"的方法作画的人，更偏爱Corel Painter而不是Adobe Photoshop。除了这两款软件，还有不少小图像处理软件和仿真手绘软件，界面和功能也都不错，只是因为功能较为单一而无法成为大众商用所趋。

事实上，只要是绘画基础好的人，这些软件都只是作为新品种的工具存在，都能帮助画者产出漂亮的插画，且数码插画是个广义的定义，除了手绘式、处理照片式，还有矢量软件也能做插画，甚至三维软件又未尝不可？

看到这里，本书到底适合什么读者的问题也已浮出水面——这是专为喜欢画插画而对电脑图像绘画软件接触不多、希望能快速转型为"能够使自己手绘能力在电脑上也有用武之地"的人而作。

Corel Painter正是架设了传统绘画和数码绘画之间桥梁的软件，彼此互通有无，其人性化的操作使习惯于传统手绘者也能轻松使用电脑创作，体验全新的高科技创作手法。换个角度讲，擅长图像处理的平面设计师们，往往精通软件操作而不是手绘，却也可以通过此软件客串一下"插画师"哦！

# 1.3 Corel Painter X的界面

在伴随笔者开始"创意如何表现"的思考之旅前，我们先观察一下Corel Painter的X版本的界面。如图1-3-1所示。

工具属性条

工具箱

绘图窗口

画笔选择条

色盘

图层

● 图1-3-1

# 1.4 数码插画师的设备考虑

## 1.4.1 手绘板

使用数码绘画软件绘画者，必须脱离鼠标的束缚，重新回归手握画笔的感觉，才能自如表达创意。因此，数位板的诞生即是为此番。

现在国内市面上成功推出的手绘板品牌有三种，中国大陆的汉王、中国台湾的友基和日本的WACOM。

WACOM历史最为悠久，高端产品成熟，但价格也是最高的，主要针对经济非常宽裕的、职业水平很高的专家级用户；友基在国内普及率最低，不便多作评价。

而最值得注意的是我国崛起的民族大品牌——汉王。该公司所生产的手绘板主打系列"创艺大师"的性能直逼W专业级的"影拓"系列，价格却更低，其独特优势有以下几点。

(1) 画板的防水防尘设计。

(2) 独特的三角笔设计贴合手指，适合长期握笔。

(3) 内藏好多替换笔芯的体贴笔架。

(4) 画板上方有凹槽供笔刷临时搁置，背面也有固定嵌入槽。

而且所有汉王系列的压感笔和驱动程序都通用，这点也大大方便了用户。

如图1-4-1～图1-4-3所示，分别是汉王创艺大师的笔架——可以放两支不同型号的笔、笔架底部笔芯储藏和拔除眼设计以及三角笔的特写图。这个系列的汉王画板适合推荐给有较好绘画基础而又注重性价比的用户。

● 图1-4-1　　　　　　　　　　　　　● 图1-4-2

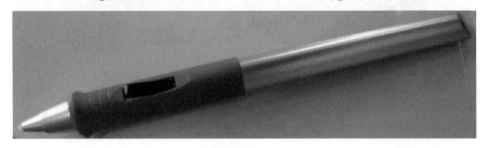

● 图1-4-3

汉王"创艺大师"的突破性功能有以下几点。

(1) 笔尖倾斜度侦测

意思就是当用户使用Painter软件绘画时，会发现光标会根据笔尖与画板的垂直夹角发生不同长短和角度的指示，当使用有明显角度需求的画笔如粗糙式喷枪"Coarse Spray"时 ，就能发现这一优势了。如图1-4-4所示，为用汉王的创艺大师画板和笔所做的倾斜度测试效果图。

(2) 1024级别的压感

在Painter的笔压测定面板中，能直观检查到当前压感笔的压力手感。打开Painter，选择菜单"Edit""Preference""Brush Tracking"，来到笔迹测试面板。在灰色空白区域，根据自己的手腕压力，从轻到重画一根曲线，就能看出当前压感笔到底能反映出多细腻的粗细变化了。如图1-4-5所示，为汉王创艺大师的压感笔侦测结果，显然粗细反映非常不错。

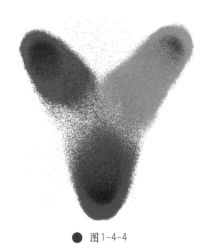

● 图1-4-4

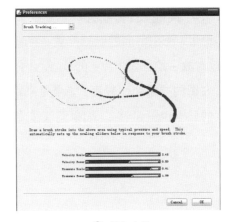

● 图1-4-5

以上关于画板的介绍纯属个人使用意见, 仅供参考, 愿大家找到最适合自己的画板!

## 1.4.2 显示器

插画师应该考虑具备怎样性能的显示器? 当然色彩显示的质量为第一首选条件, 太鲜艳不一定是最好的, 最逼真还原印刷品上色彩范围的才是适合我们的。

笔者在本书中所截的插画设计过程图, 其软件界面的排布均为了更适合个人工作习惯和工作效率考虑, 可能读者看了觉得好多截图的比例很宽, 却又不像宽屏的感觉, 那是因为笔者使用了双显示器, 可使软件界面面积"出界"到副显示器, 提供更宽的操作面积, 而把大量工作面板堆到副显示器。

如图1-4-6所示, 双屏很适合插画创作, 可用整个主屏幕来显示创作中的画面, 右边可以放很多常用面板、播放背景音乐的软件、网络沟通的窗口、参考资料查询的窗口等, 而不用费太多精力在切换窗口和安排桌面上。

● 图1-4-6

值得一提的是, 如今由于科技的发展, 已有性价比足够适合插画师的液晶显示器了, 因此请放心扩大选择范围!

### 1.4.3 其他硬件问题

理论上，现在市面的电脑配置，全部都能运行Painter等绘画软件，且运行速度良好。不过对数字绘画要求专业的读者，会有画超大尺寸图的需求，因此Painter这一个软件对运行大图的要求会比较高。如果是高端使用，一般建议拥有2G内存条，能跑得动主流游戏的显卡也就足够了。如果购买了专业图像处理显卡（这类价格比较高），更是不在话下。

# 1.5 数码插画创意的表现

本书主要讲解为插画设计的创意表现，其含义是双重的：首先，插画本身的内容表达和构图、画风，是需要插画家好好思考的；其次，Corel Painter 作为专业绘画软件，其功能是丰富有趣的，数码插画家也要想办法开发这些功能，充分组合发挥其中的笔刷、纸张、图层、特效等软件特有的优势，不但使作品呈现出各种新鲜有趣的表现形式和视觉效果，而且能通过研究思考，找到最有效率的方法。

因此本书是以Corel Painter X为插画设计的工具，带领大家进入插画世界之旅，而不是独立介绍该软件的软件教科书。

插画的定义是很丰富的，就如第一节所述，好的插画家可以"身兼数职"，正是因为插画的魅力在于其无穷的变化，它只是定义了其存在的媒介，而无法限定每一个插画家自己的风格和想法，并没有规定不许画得有漫画感、有卡通味或者像照片、像油画还是抽象味很浓，我们可以表现生活中某一个真实的场景或头脑中的梦幻情境，可以让灵感来源于一个美女的肖像，也可以是生活中某些物件的再组合，奇思妙想皆有可能入画。唯一能够限定你发挥范围的，只有委托你设计的客户。因此之后章节所涉及的都是如何把想法变成画的"绘画与设计的过程"，并从过程中学会使用Corel Painter X表现自己的想法。

准备好了吗？接下来即将开启的，就是快乐的插画创意表现之旅！

# 2 圣洁的孔雀女神
## ——首饰之美的奢华饕餮

## 2.1 创意的诞生

　　无意中，从一个时装广告上看到一个特别的姿势，女模特低头侧身，肩膀斜着前倾的样子特别与众不同，虽然是外国模特，却带给笔者别样的含蓄之美，其为感动! 此时，孔雀舞中那抑扬顿挫的美感与此上半身的气息产生灵感碰撞，于是赶紧起笔，参考此造型，想着东方文化特有的含蓄之美，将画中人画成亚洲的脸型，改成了眉目下垂的样子。又将袖口衣料增长，手轻轻握起，以突出这一气质。下半身画成前倾跪坐、身穿长裙状，最终化身为头顶巨大羽冠的孔雀女神——东方的女神特有的含蓄而高雅、圣洁慈祥的样子，区别于西方。虽然只是草图，却早已想好，一定是一袭白色的圣洁感更适合高贵的女神，而背

图2-1-1

景则是带给人沉静感的蓝色系。

见图2-1-1，在Corel Painter X中，使用"Ctrl+O"命令，打开已经被数码相机拍摄并转存到电脑中的草图文件——这是A3尺寸的草图，扫描较为麻烦，而且此次插画并不打算保留草图为线稿，而是采用较为写实的风格，因此草图仅作为大致形态参考。

## 2.2 处理线稿

常见的处理线稿方法都是为了使线条更干净，适合保留线稿类风格的作品。在这里，我们只需将草图移至合适的位置、调整大小即可。

首先使用"Ctrl+N"组合键，新建文件（画布），尺寸是2480×1754像素的横向文件，分辨率为300dpi。这是一个标准A5打印尺寸的文件数值。草图是纵向的，为了顺便学习如何将横向画布转变方向，故意建立了横向画布。

如图2-2-1、图2-2-2所示，从【Canvas】菜单中的【Rotate Canvas】命令组内选择旋转90°（无所谓顺时针逆时针）即可。

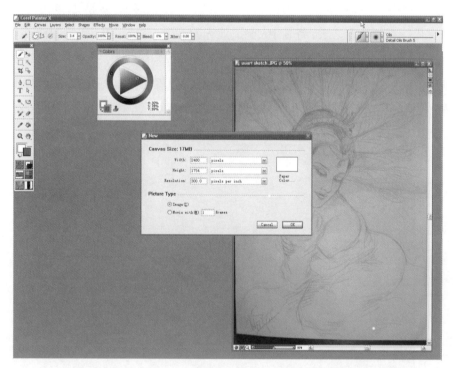

● 图2-2-1

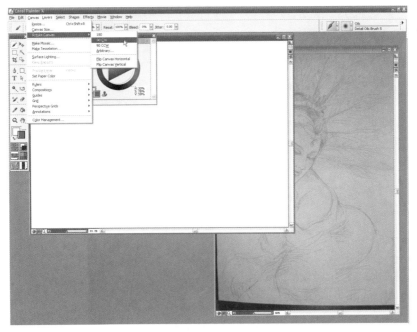

● 图2-2-2

　　如图2-2-3、图2-2-4所示，在草图文件上使用"Ctrl+A"组合键全选草图，"Ctrl+C"复制它，再在新画布中"Ctrl+V"粘贴草图，图层"Layer　1"发现尺寸不够大，此时按"F"，切换工具箱工具为图层调节器，右键单击"Free　Transform"，可以自由调整出现的8个节点，按住"Ctrl"键拉动四个角之一，可以同比缩放。将草图放大到适合画布大小。

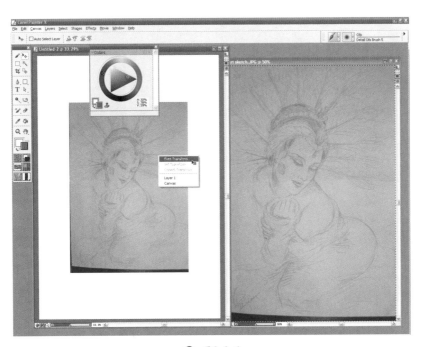

● 图2-2-3

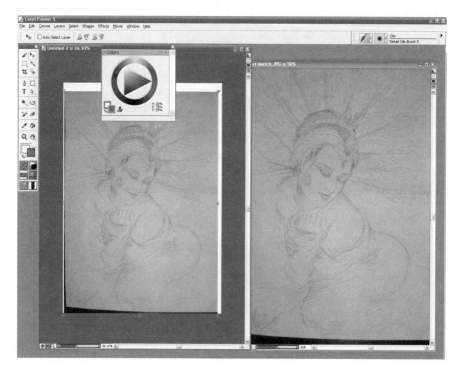

● 图2-2-4

　　接下来是将草图的图层转变为可编辑的状态"Commit"，使用【Effect】菜单中"Tonal Control"命令组内的明度和对比度命令，调整图片的清晰程度。如图2-2-5~图2-2-7所示。

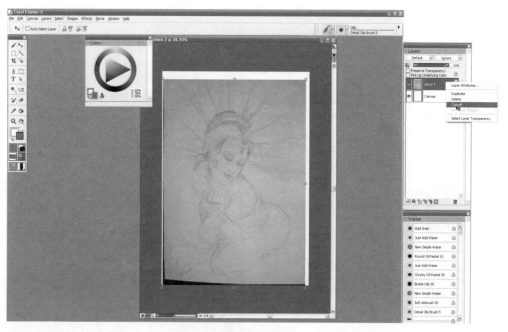

● 图2-2-5

● 图2-2-6

● 图2-2-7

　　草图准备完毕。单击图层面板下方 按钮,新建图层"Layer 2",就可以开始正式数码作画了。此时切记要将草图层的合成方式从默认的"Default"改为"Gel"——胶合方式,可以使图层下面的所有其他图层的内容得以被显示,就好像在生活中给画纸叠上一层半透明硫酸纸的效果。如果使用水彩作画,系统就会自动将水彩颜料所在层变为"Gel"方式。如图2-2-8所示。

● 图2-2-8

## 2.3 利用渐变工具制作背景

　　Painter的渐变色编辑工具是一个功能强大的独立面板, 如图2-3-1所示, 它在工具箱下方█, 点击后打开材质库预览窗, 可看到预置了很多丰富的渐变方案。

　　单击打开后的材质库右上角的三角按钮█ (这种三角按钮普遍出现于各种类似的面板内, 均为一些命令的隐藏面板) , 点击 "Launch Palette" 命令, 可进入更详细的渐变调控面板, 如图2-3-2所示, 可在此面板调节渐变的方向、渐变色调的排序和扩散的方式。在这个面板的右上角又有一个小三角按钮, 打开后可看到更多功能和保存材质等命令。要编辑属于自己的渐变色调, 可选择【Edit Gradient】命令。

　　如图2-3-3所示, 进入了编辑渐变色面板。单击色条, 可增加一个三角, 每一个三角可选择色盘上任意色, 多余的三角可用 "Delete" 键删除。调节好色彩和三角的位置, 就编辑好了自己需要的渐变色调了。接下去就是将它倾倒在画布上作为背景色了。

● 图2-3-1

● 图2-3-2

● 图2-3-3

　　选中新建的空白图层"Layer 2"，并且该图层在草图稿下方（确保填充后不会覆盖住线条），然后使用"Ctrl+F"键调用填充命令，由于事先编辑了渐变色调，面板默认为"Gradient"渐变填充方式，只需点击 ＯＫ ，空白图层就被赋予了事先编辑好的色调和方向的渐变色。如图2-3-4、图2-3-5所示。

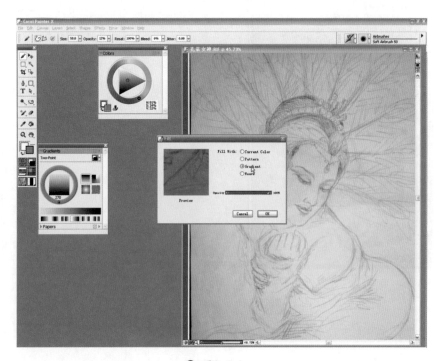

● 图2-3-4

● 图2-3-5

# 2.4 初步上色

　　如图2-4-1所示，在背景层上再次新建图层"Layer 3"，双击后更改层名为"人物"，在图层较多的文件中，给图层起名是一个良好的工作习惯，可以提高日后的工作效率。

　　此时要记得把面板上方的"Pick Up Underling Color"命令选中，就可以在后面上色时使分开的层在色彩过渡上"相互关照"，不会出现僵硬感。

● 图2-4-1

大面积铺柔和平滑的基本色调，可使用喷枪画笔中的"Soft Airbrush"变量。众所周知，色调柔和均匀是喷绘法的独特优势，在数码绘画世界中也是同样的效果。

作品是一位东方味女性，所以选用了色盘上红中偏橙黄的颜色，将画笔尺寸调大进行大面积涂抹，我们可以使用"Ctrl+Alt"键拖曳十字光标的方式，感性地调节笔头大小；羽毛和衣服选择白色，显得圣洁和高贵——是白孔雀的化身；而发色就是典型的乌黑色。

至此人物的基本色调设计完毕，是非常简单干净的基础色，要让画面呈现出华丽感，并不是靠繁杂的基础色，那只会使画面杂乱不堪或艳俗无比，丰富华丽的视觉效果实际是靠接下来对光影变换形成的色调的细腻刻画。

由于事先将草图层改为了"Gel"胶合方式，而照片摄影的纸张带有一定的灰度，因此看到的色彩被遮后比实际更暗沉一些（观察纸张边缘就能发现未被覆盖到的渐变背景更鲜亮些），这在初期影响不是很大。见图2-4-2~图2-4-4。

如图2-4-5所示，选用较深些的肉色开始铺第一层皮肤的明暗关系。用较大的笔头，铺出大关系就好。这时候要做的是确定主光源的方向。顺便用小的黑色笔头把眉眼也大致勾勒出来，沉着安详的气质就是靠合适的曲线刻画出来的。

● 图2-4-2

● 图2-4-3

● 图2-4-4

● 图2-4-5

调节色相到偏红位置，上一点胭脂色可以使人物更健康，注意颧骨的位置。见图2-4-6。

● 图2-4-6

光靠喷枪还不能彻底营造出柔和的过渡效果，这时候就要使用一种叫做"Blender"的笔刷种类，笔者戏称其是"居委会"笔刷，专门负责不同色块间的自然过渡，就好像负责邻里关系和谐、不冲突的居委会大妈们。

虽然"Blender"本身不负责上色，却是非常好用的协调类笔刷。最常用的是"Just Add Water"，也就是仅加一些水，把生硬的颜色与颜色间的界线化开。要注意笔头大小和笔触的起始方向，都会影响融合的自然程度，在以后的色彩刻画过程中，可以在需要的时候经常调用这个变量。见图2-4-7。

● 图2-4-7

## 2.5 带质感的进一步刻画

接下来要进一步的刻画，过于平滑的喷枪缺乏丰富的纹理质感的体现，不适合画非卡通感觉的作品。我们借此机会来了解一下Painter另一个厉害的材质库——纸张纹理库是如何结合能体现纸张质感的笔刷工作的。

如图2-5-1所示，点工具箱下方六个艺术材质库中的第一列第一个▨，出现纸张纹理库，就像渐变材质库，通过"Launch Palette"可打开纸张编辑窗口。配合选择模拟生活中硬质笔刷的笔就能涂抹出带纹理质感的笔触。

见图2-5-2，3个例子都是选用了油画棒笔刷中的"Chunky Oil Pastel"变量笔刷，(a)、(b) 为在不同的纸张上的笔触效果。(c) 虽然还是选择了默认纸张，笔触却很平滑，原来这类笔刷的属性中都有一个"Grain"的纹理控制值，(c) 的"Grain"提高到了60%，值越高，纹理越不明显，(a)、(b) 的值均为17%，因此质感的显示非常显著。

● 图2-5-1 ● 图2-5-2

使用"Chunky Oil Pastel"进一步涂抹出人物的脸部和服装上的大致明暗关系，灵活运用低"Grain"纹理值来表现需要体现纹理质感的服装、眼影、羽毛鬃角饰等处，遇到需要保留平滑效果的大面积皮肤处，只需要调大"Grain"值，不需要切换其他笔刷，很方便。

另一个较有效的可调节属性值叫"Resat"，值越大，着色率越高，越接近色盘所选颜色，反之则会对着色时受的压感更敏感，需要很用力才能涂抹出色盘上所选颜色，所以"Resat"值低的时候，色彩过渡更自然也越轻薄淡雅。也可以在实际的绘画过程中灵活调整。当然笔头大小也要注意，画细节的时候不能偷懒用太大的笔头，多敲敲"["""]"键或者"Ctrl+Alt"感性地调节大小。如图2-5-3所示。

● 图2-5-3

在上色雏形阶段，还可以对最初的设计进行整改，例如头部羽毛的面积，笔者决定不要露出黑色鬓角，改用更多羽毛覆盖，为避免设想的效果不理想，要新建一个图层做实验。

当对新设计满意后，就可以合并图层为下一步深入刻画做准备了。图2-5-4是合并图层的过程，合并后图层名为"Group1"。简单说来就是使用"Shift"选中需要合并的层，运用快捷组合键"Ctrl+G"先把他们群组，然后用"Ctrl+Shift+X"就可以合并了。如果只是要与底层合并，则选择图层后，选择左下方命令框中的"Drop"即可。

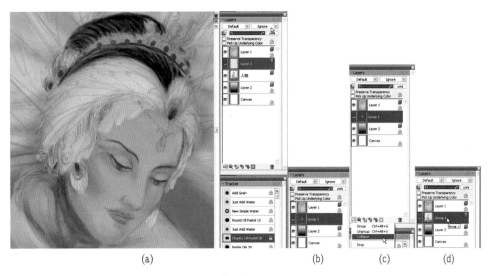

(a)　　　　　　　　(b)　　　　(c)　　　　(d)

● 图2-5-4

再新建一个叫"睫毛"的层，用较小的笔刷刻画眉毛和眼线睫毛，这样不会被大块色的刻画重新冲掉细微的睫毛笔触，又可以尽早看到人物的传神部位的效果。

回到"人物"图层，用背景的蓝色调来刻画眼皮上的眼影，使画面整体和谐。注意眼球的立体存在，画出自然的色泽过渡。如图2-5-5、图2-5-6所示。

● 图2-5-5

● 图2-5-6

用接近眼影的色调把周围羽毛的层次轻轻刻画一下，要注意羽毛的蓬松柔软特性，因此羽毛间的界线不能用分明的深色，浅蓝灰色即可。如图2-5-7、图2-5-8所示。

● 图2-5-7

● 图2-5-8

　　如图2-5-9所示，羽毛的特性使边缘应该体现柔和绒毛的味道，光靠刚才的单纯刻画还是容易较为生硬，此时可再次请出"居委会"笔刷"Blender"，但这次使用"Water Rake"变量，可以刷出自然过渡感，而不会像加水笔刷般把边缘模糊成一片，没有了羽毛边缘毛茸茸的感觉。

● 图2-5-9

## 2.6 用省时省力的图案笔画饰物

处理完基本的羽冠和头发的效果，可以对发髻上的一圈发箍进行设计。这里决定用重复两方纹样。

在Painter中，有一种叫做图案笔——"Pattern Pen"的方便笔刷，可以刷出重复的图案作为"颜料笔迹"，非常方便，节约下重复刻画的时间，而且配合压感和不同的变量，效果也很丰富。

如图2-6-1所示，首先在新建图层"头饰"上设计一个细致些的蓝色调图案，色彩与图案要切合主题。

● 图2-6-1

用老方法打开艺术材质中的图案纹理库█，选定设计了图案的图层，直接选择"Capture Pattern"来获取图案█，要注意该图层仅有此图案，则不需要做选区指定，系统会默认把这个图层的所有颜色信息截取，见图2-6-2。

●图2-6-2

　　使用图2-6-3所示图案笔"Pattern Pen"中的变量"Pattern Pen Transport"，可根据压感画出实色的连续图案。要力求一气呵成，所以可能要多尝试几次才能把大小刚好的头冠流畅地"戴在头上"。

●图2-6-3

## 2.7 细致刻画头饰

  继续深入细致地刻画羽毛头饰部分，为了使白色羽毛更有毛茸茸的质感，我们可以使用 "F-X" 特效笔刷中的 "Furry Brush"，可以直接画出逼真的皮草笔触。

  为了防止错误，可新建 "羽毛" 层。要注意轻重适度，也不要一大块满满地平涂了事，导致把分开的羽毛糊成一片，没了层次感。见图2-7-1。

● 图2-7-1

如图2-7-2所示，使用 "Just Add Water" 适度地融合突兀的地方。

● 图2-7-2

如果有画过头的地方，Painter的擦除工具也很丰富，可以使用笔刷选择器——"Erasers"中的"Erase All Soft"变量，轻柔地在多余处缓缓抹擦，这比工具箱上的"万能橡皮" 具有更自然的擦除效果，见图2-7-3。

● 图2-7-3

为了增加高雅和华丽的感觉，要给女神的头上增添一些珍珠点缀，可以再次善用图案笔。

如图2-7-4所示，首先新建一个珍珠图层"Pearl"，用"Detail Oil Brush 5"油画笔细致刻画出一枚逼真的白色珍珠。

● 图2-7-4

如图2-7-5所示，仍然使用"Capture Pattern"命令，把珍珠图层"Pearl"作为图案截取下来。

● 图2-7-5

如图2-7-6所示，新建一个"珍珠1"图层，给额头处加上一些珍珠缀饰。使用刚才的图案笔变量，用同样的方法多尝试几次，直到弧度和大小都令人满意为止。

● 图2-7-6

如图2-7-7~图2-7-9所示，打开特效菜单，给珍珠添加阴影，这样额头上的珍珠才不显得格格不入。Painter中添加的阴影会以当前图层的同组图层形式出现，所以阴影可以单独调整位置，用图层调节工具把阴影调整到合理位置。

● 图2-7-7

● 图2-7-8

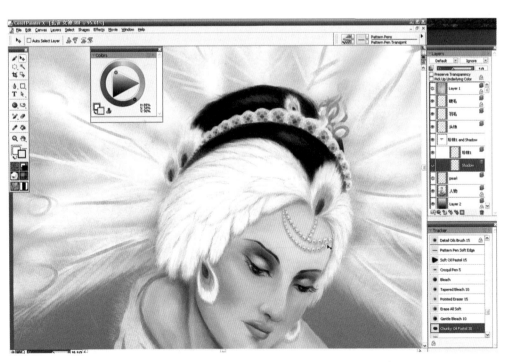

● 图2-7-9

新建一个"珍珠2"图层，位置在头饰层上方。用小一些尺寸的图案笔，但是要换成"Pattern Pen Soft Edge"，以便和黑头发融为一体，用它画出更细密繁多的珍珠头饰，注意符合头发的弧度，见图2-7-10。

● 图2-7-10

找出刚才初次画珍珠图案的层"Pearl"，使用图层调节工具把它移动到羽毛头饰上，再按下"Alt"键复制足够多的珍珠，让它们均匀散落在羽毛上，更加增添华丽感。

由于不断复制而造成的大量珍珠图层，在位置全部妥当后可以合并图层。方法是：使用"Shift"键把它们都选中，使用图层面板上的群组功能变成一个"Group"，然后使用"Ctrl+Shift+X"组合键进行合并，然后重命名为"珍珠3"图层，随后用增加阴影法也给它们集体增加深浅和角度合适的投影。见图2-7-11～图2-7-15。

● 图2-7-11

● 图2-7-12

● 图2-7-13

● 图2-7-14

● 图2-7-15

如图2-7-16所示，新建一个"眼角珍珠"图层，画出水珠般的形状，用同样的方法加上阴影。

● 图2-7-16

如图2-7-17～图2-7-19所示，继续新建"钻石"图层，使用"Detail Oil Brush 5"笔刷，细致刻画一颗折射感丰富的水蓝色钻石，只要注意小范围内折射出不同明暗的近似色调，就能营造比较逼真的钻石表面。当然也要加上阴影，并根据环境调整阴影层的不透明度。

● 图2-7-17

● 图2-7-18

● 图2-7-19

　　见图2-7-20～图2-7-22，新建"羽扇"层，开始刻画孔雀开屏一般的效果。先用喷枪中的"Soft Airbrush"喷绘柔和的白色底色，再用普通的"Detail Oil Brush 5"笔刷变量细致刻画外张的羽毛，最后用油画棒中的"Chunky Oil Pastel"补充刻画，衔接柔和喷枪和细节油画笔两种极端的质感。

● 图2-7-20

● 图2-7-21

● 图2-7-22

　　如图2-7-23所示，新建"扇面珍珠"层，再次使用图案笔，把珍珠图案再度利用来增添羽扇的华丽感。扇面形状，有的地方刻画起来不顺手，可以使用"Space+Alt"键临时旋转画布方便刻画，注意，这只是视觉上的旋转，不影响最终打印的角度。要恢复正常角度，只要再次按住此组合键的同时单击鼠标或者压感笔一下即可。

● 图2-7-23

见图2-7-24，放大图案笔刷尺寸，将变量切换为"Pattern Pen Masked"，小心地根据需要的角度涂抹，可以得到单个珍珠图案，用来放在羽扇顶端作装饰。为避免光影角度有误，有时候需要手动重新刻画一下单个珍珠的光源方向，确保细节在常识上的完美。

● 图2-7-24

如图2-7-25所示，最后用喷枪变量修整一下羽扇的细节，头部的刻画可暂告一段落。

● 图2-7-25

## 2.8 二度创作之气氛刻画

为了画面平衡，可以转而刻画一下身体部分。

用柔和的喷枪工具 确定皮肤的质感，兼顾白色衣裙的轻柔质量。

如图2-8-1所示，用"Blender"中的"Just Add Water"来进一步柔化色彩之间的过渡，注意衣服褶皱刻画的走向，并且让腿部的肤色略为透出来一些。

● 图2-8-1

　　原草稿手上本来并无设计所持之物，在这里要进行补充再设计，以避免眼神和手指的动作太舞台形式化。于是设计了这样一个概念：孔雀女神走入受到邪恶生灵侵害的环境，轻轻地跪下，取下一根神圣的白色羽毛施法，开始驱散邪恶之雾，净化空气。

　　如图2-8-2所示，新建一个羽毛图层"1fur"。因为羽毛边缘是柔和的，所以用喷枪就可以。

● 图2-8-2

　　为了让羽毛不平凡，决定让它发光，并且是和整个色调画面产生对比的暖光。如图2-8-3所示，再次新建一个发光图层"Layer 4"，使用大号喷枪，喷绘一个柔和圆润的、较亮的橙色作为发光效果的基础色。

● 图2-8-3

　　如图2-8-4所示，将发光图层的合成方式更改为"Lighter"，则可以透出羽毛，且发出自然柔和的粉色光。

● 图2-8-4

　　回到羽毛图层，用油画笔补充一些羽毛上的细节，见图2-8-5。

● 图2-8-5

开始刻画衣服褶皱，用油画棒中的"Chunky Oil Pastel 30"补充一些衣服上的细节，使衣服更有质感，和光滑的皮肤区分开来。如图2-8-6所示。

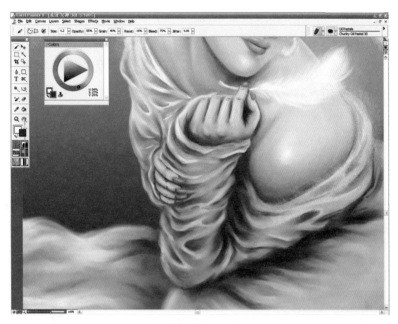

● 图2-8-6

由于有了发光的羽毛，衣服也刻画得差不多了，需要把背景色调整得更深沉来衬托女神主体的圣洁。我们可以利用图层复制功能，将背景变成2份，这样颜色会更深厚。见图2-8-7、图2-8-8，现在女神的洁白无瑕更加被突出了。

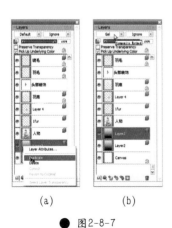

(a)          (b)

● 图2-8-7

● 图2-8-8

## 2.9 绘制"被驱散中的邪恶雾气"

如图2-9-1所示，在人物层上方，选择图层面板下方按钮📎新建一个水彩图层"Water Color Lager 1"。这是一个只能绘画特殊介质——水彩（Water Color）的图层，因为仿真水彩会在每一笔结束时计算水分蒸发率、水流方向、色彩混合和推移等特殊的视觉效果，因此水彩笔刷拥有专用的图层，且对系统要求比较高。另外有一种数字水彩笔刷叫"Digital Watercolor"则不需要专用图层，其仿真程度也就弱一些，但表现速度很快。

使用水流量较大的笔刷，例如"Runny Wash Bristle"等，随意地在女神身边涂抹一些大块的深蓝调的色带。

● 图2-9-1

在拥有了底色后，可以将它用特效笔刷处理一下，在这之前要把特殊的水彩图层变成可被其他笔刷编辑的普通图层。只需右键点击图层选择"Commit"就可以了，见图2-9-2。

使用特效滤镜笔刷"Distortion"中的"Hurricane"对色块进行适度的涂抹，可以出现扭曲效果，其扭曲的程度，可以通过调整属性中的Jitter值来决定，数值越大扭曲程度也越大。确保图层的合成方式为"Gel"，胶合的方式可以透出下面图层。如图2-9-3、图2-9-4所示。

● 图2-9-2　　　　　　　　　　● 图2-9-3

● 图2-9-4

　　接下来在羽毛层"1fur"和发光层"Layer 4"之间新建一层"Fairy Dust"，绘制类似仙女棒飘出的魔法仙尘。这并不难，因为在另一种特效笔刷"F-X"中有专门的笔刷变量"Fairy Dust"即可喷绘出这种效果。在发光层下方，其颜色会受到发光层的合成方式的影响而显得层次丰富，蓝色调和橙色调可以分别喷绘一道S弧线。见图2-9-5。

● 图2-9-5

## 2.10 孔雀头饰的制作

到此，整体画面的色调风格已经稳定。最后在头部尚有一个未刻画的细节，就是一个孔雀宝石头饰。首先还是新建草图图层，用普通的油画笔画出大致的结构设计（当然铅笔也是一样）。然后再新建一层开始上色。用喷枪先铺上大致的色彩设计，可保证大颗宝玉的质感光滑柔和。如图2-10-1、图2-10-2所示。

● 图2-10-1

● 图2-10-2

　　参照常见的王冠设计，孔雀的身体应该是大量小钻石铺成。由于头饰在画面中面积并不大，我们大可以再次利用之前喷绘珍珠的图案及图案笔中的"Pattern Pen Masked"，用大量堆砌在一起的小尺寸珍珠图案仿冒大量碎钻的丰富折射效果。

　　画到边缘要注意轮廓清晰，这个图案笔变量使图案周围环绕黑色，刚好塑造有立体感的钻面。再用油画笔画上一些小的蓝宝石和金色的鸟喙作为点缀，一个奢华的钻石加宝石的奢侈头饰就很轻松地画完了。见图2-10-3、图2-10-4。

● 图2-10-3

● 图2-10-4

最后，缩小全图再次检查整体效果，觉得可以结束了，就新建一个签名图层"Sign"，如图2-10-5所示，签名、保存收工。不过要注意，画面上的一切都是整体，签名的色调、风格和尺寸都要和谐，不能太张扬而喧宾夺主。最终效果如图2-10-6所示。

● 图2-10-5

◎ 该插画注重对软件高效率的优点功能的开发利用，可以在较短的时间内获得比较华丽的效果，因此属于较为容易掌握到的。

 图2-10-6

# 梦见好心情
## ——轻快的时尚插画

## 3.1 创意的诞生

线条干练、色彩明快、反映现代都市风情和精神面貌的时尚插画也是当今插画界的一大流行,深受广大都市白领的喜爱。

现在就尝试使用Painter的钢笔工具笔刷来"涂鸦"一张干净明快、有矢量画般线条平滑感的时尚插画吧!这类插画注重一种时代精神的表达,技术上并不难,重在心灵的感悟。

决定描绘一个都市年轻女郎的头部特写,她应该扬起下巴,心情愉快地憧憬着美好的未来。而背景则应是正宗的随意涂鸦,以此反映一种内心尚存的童真和渴望抛却工作和生活压力的暗示。

## 3.2 背景制作

首先新建一个空白画布,这次还是使用横向的标准A5尺寸。见图3-2-1。

● 图3-2-1

选择一种代表年轻和愉快的颜色，用填充工具直接填充画布为"背景色"图层。这里使用的是明度高而饱和度低的粉红色，见图3-2-2。

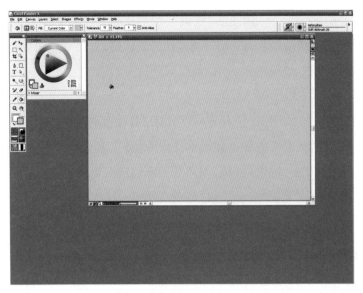

● 图3-2-2

新建一个"涂鸦"图层，使用纯白色信笔涂鸦一些想到的可爱图案或花纹，越放松越好，要的就是不受拘束、天真随意的氛围。但这里的一些图案曲线较多，表现得都是柔美、有女性意味的涂鸦。虽说是涂鸦，也要符合插画表达的基本格调——爱做梦的浪漫年轻女性。

如图3-2-3所示，所使用的是钢笔工具"Pen"中的"Smooth Round Pen"变量，这支笔刷的优势在于它可以表现平滑的边缘，且随着压感笔的起伏，只表现线条的粗细而不会导致颜色跟着压感出现不同的深浅。很适合卡通类、时尚插画类风格的创作。

● 图3-2-3

## 3.3 描绘人像

　　如图3-3-1所示，新建一个人像图层"线稿"，仍然使用平滑圆头钢笔，用黑色勾勒出心目中的年轻女子头像。线条力求流畅和抑扬顿挫的起伏感。注意线条可以粗一些，在以线条为表现手法的插画中，线条也是主角，要表现其特有的魅力，太细的线条没有力度，缺乏表现力。

　　眼角之类尖细的收边如果画不好，也可以借助工具箱上的"万能橡皮" 擦出来。

　　为人物上色，这次只需要方便地使用 【油漆桶】工具就能完成，在此之前确保所有的线条都闭合了。为了避免损害线稿，又不想用麻烦选区工具，这里介绍大家使用复制"线稿"层的"懒办法"，见图3-3-2。这样可以直接用一层线稿当作选区直接填充，另一层则作为备份放在上层。

● 图3-3-1　　　　　　　　　　　● 图3-3-2

　　在下一层的"线稿"层，将人像各区域分别填充上适合的纯色，如图3-3-3、图3-3-4所示，分别是填充后的头发、耳环与嘴唇使用的颜色效果。在这里眼睛的虹膜用了两圈颜色，分别是头发和耳环的颜色，这样比较统一。

● 图3-3-3

● 图3-3-4

　　如图3-3-5所示,在脸蛋上的颧骨处,另新建图层"腮红"使用喷枪工具"Airbrushes"中的"Soft Airbrush",调到较大的尺寸,喷绘两团近似唇色的腮红。虽然是平面化风格,也要稍微增加人物的层次感。

● 图3-3-5

## 3.4 利用背景涂鸦丰富画面

由于要保持纯色平涂风格，没有明暗关系的头发显得较为单调，而大号的人像也把丰富的涂鸦背景遮盖了不少。我们可以利用图层的合成方式，巧妙地丰富画面。

如图3-4-1所示，先把人像的三个图层利用"Ctrl+G"组合键合并或图层"Group 1"。然后复制"涂鸦"层，并把"涂鸦副本"移动到人像群组的上方。更改该层的合成方式为"Luminosity"，并且降低透明度到43%。就能出现如图3-4-2所示的效果。

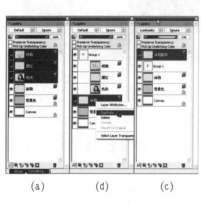

(a)　　(d)　　(c)

● 图3-4-1

● 图3-4-2

涂鸦的线条在丰富头发的同时，也把黑色的轮廓线给打乱阵脚，显得没有精神，必须把它们擦除。但手工擦除效率低而且容易出界，我们可以通过如图3-4-3所示的方法，右键点击"线稿"层，选择"Select Layer Transparency"，可以把当前图层所有的颜色像素作为一个统一的选区出现，见图3-4-4。

切记回到"涂鸦副本"图层，打开【Edit】菜单，选择"Clear"就可以清除选区内的涂鸦线条，恢复"线稿"层的连贯黑色，见图3-4-5。（注：Painter内没有设置清除命令的快捷方式，我们可以通过菜单"Edit Preference""Customize Keys"进入用户自定义快捷按钮设置面板，对自己常用的命令进行快捷键设置。）

● 图3-4-3

● 图3-4-4

● 图3-4-5

# 3.5 制作图像管笔刷丰富画面

Painter中有一种叫做图像管——"Image Hose"的笔刷,事先做好一组图案的话,可以随机重复喷射这些图案作为"颜料笔迹",其中的变量就是对这组图案排列方式的变化,并且也支持压感,非常方便对付重复绘画的需要。

新建一个和刚才一样大的空白画布,仍然使用平滑圆头钢笔绘画一些可爱有趣的小图案,尺寸可以适当大一些,这里要注意每一个图案都要为其建立一个独立的层。

见图3-5-1~图3-5-3。

图 3-5-1

图 3-5-2

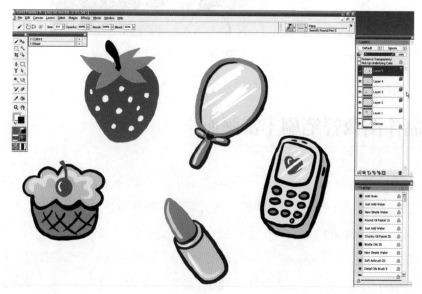

图 3-5-3

如图3-5-4所示，选中所有的图案层，将它们群组。

如图3-5-5所示，选择工具箱上的图像管艺术材质库，打开命令菜单，选"Make Nozzle From Group"命令，则会根据当前群组制作图像管。

● 图3-5-4　　　　　　　　　　● 图3-5-5

如图3-5-6所示，被制作后，图案自动排列整齐且底色变黑，这就是做成了。将它保存。

● 图3-5-6

再次打开图像管的艺术材质库，选择"Load Nozzle"命令，将这个被命名的新图像管文件加载进Painter，如果想将它添加在默认材质库中，就再次选择"Add Nozzle To Library"，则在材质库中就能见到自己做的图像管缩略图了，使用"Image Hose"中的笔刷即刻可以喷绘出刚才设计的图案了。见图3-5-7～图3-5-9。

● 图3-5-7

● 图3-5-8

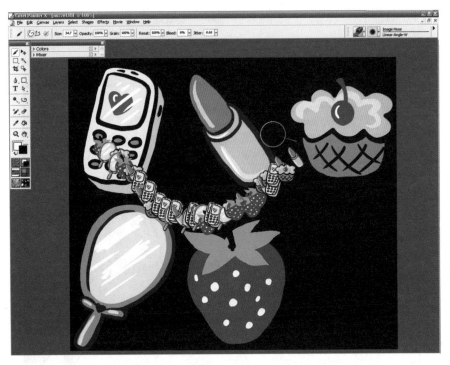

● 图3-5-9

　　接下来只要选择合适的排列方式和笔刷尺寸，就可以任意喷绘了！注意新建一个"图案"图层，如图3-5-10所示，这样的排列方式叫做"Spray Size-P Angle-R"。

● 图3-5-10

如图3-5-11、图3-5-12所示，使用创建阴影命令，给这些小图案添加上投影。

● 图3-5-11

● 图3-5-12

# 3.6 添加美术字体

如图3-6-1、图3-6-2所示，使用工具箱中的添加文字按钮 T，选好颜色，输入文字
"Dream！"，图层命名为"Text'Dream！'"，字体可以在属性栏内选择。

● 图3-6-1

● 图3-6-2

如图3-6-3所示，用图层调节工具移动并调整大小。

为了能编辑字体层，需要转换其为可编辑的普通图像层，见图3-6-4。

● 图3-6-3

● 图3-6-4

见图3-6-5～图3-6-7，图层面板 图标是图层外挂滤镜，可给图层添加很多有趣的效果，这里使用的是"Bevel World"，给图层的颜色信息添加边框效果。打开设置面板，可以调整各种参数，所见即所得。

● 图3-6-5

● 图3-6-6

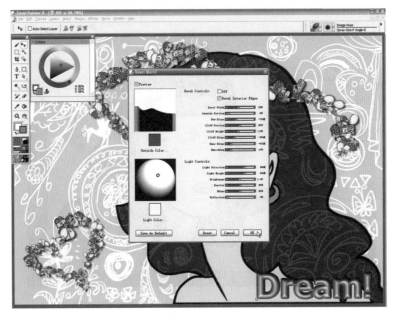

● 图3-6-7

如图3-6-8所示，调整一下字体层的透明度。

如果想给颜色叠加一些花纹上去，可以使用【Effect】菜单的色调控制栏内的命令"Color Overlay"，选择"Using Original Luminance"，可以将当前图案艺术材质库内的图案叠加在该图层上。如图3-6-9、图3-6-10所示。最终效果如图3-6-11所示。

● 图3-6-8                    ● 图3-6-9

● 图3-6-8

● 图3-6-10

◎ 是不是很快捷? 我们也可以活用这些软件技巧和笔刷, 设计出各式各样的时尚插画, 表达自己的年轻与个性。

● 图3-6-11

 # 同人情景插画
## ——发现敌情的血精灵游侠

## 4.1 创意的诞生

　　网络游戏《魔兽世界》的流行之广有目共睹，是目前跨玩家年龄层、经济层、职业群最广的大型网络游戏，其中的角色设定自然是魅力之一。笔者就被那令国人期待许久、姗姗来迟的"血精灵"角色的造型所深深吸引。其种族名称中第一个字——"血"，与"精灵"二字原本带给人们的神圣高贵又纯洁的印象，形成强烈的反差，也包含了其种族由来的深深的历史渊源。正所谓是高雅美艳和傲慢狂妄的完美结合，实在是具有入画的迷人气质，那自信而略带邪恶的眼神，举手投足间的优雅而高傲的仪态，轻盈高挑的身材，使这一族群的设定充满个性魅力。

　　因此，我们就来创作一个这样的游戏同人场景。

　　一开始的想法是乘车时信手涂鸦的产物：一个美丽的女性血精灵游侠带着她的魔幻宠物——得力助手"龙鹰"，在林地中狩猎且刚刚发现猎物，正准备取箭，见图4-1-1。

● 图4-1-1

61

回家以后，观察速写簿上的记录，感觉这个构图太平、太普通，只能反映事件，无法反映当时的气氛和血精灵特有的个性与气势之美。

于是换了一本纵向的大速写本，起草了一个倾斜地平线、仰视角度的构图，增加紧张感，见图4-1-2。

根据这个大致确定的构图，一段比较像样的情景描述就拟订了。

在气候与地面均有些魔幻的大环境下，一个美丽的女性血精灵游侠带着她的魔幻宠物——得力助手"龙鹰"，在广阔而凶险的荒野上遭遇神秘的敌人（敌人不入画面，留给观者遐想空间），视力极好、沉着老练的血精灵游侠身手敏捷地用右手迅速拔箭，欲张弓射敌，动作是迅速而一气呵成的。与此同时龙鹰作为与主人配合默契的老搭档，在瞬间就已做好俯冲应敌的架势。而这张插图取的就是在这一个瞬息万变的紧张瞬间的定格动作。

然后在Painter中重新起草血精灵的动作和表情，进一步研究其发型、表情和身材、动作等概念，见图4-1-3。

● 图4-1-2

● 图4-1-3

根据最终的速写本构图和这个上半身的形态，于是打算直接新建一个画布，边画边细化整个情景。

## 4.2 画布处理

　　如图4-2-1~图4-2-5所示，首先新建一个画布。还是默认尺寸，然后用画布菜单命令
"Rotate Canvas"来旋转角度到纵向，注意这个命令必须是选中画布层时才被激活。

　　然后打算这次绘画更大的尺寸，也就是A4，由于A4是A5的一倍大小，因此，只要使用
缩放画布命令即可。还是在画布菜单，选"Resize"打开对话框，将缩放设置为200%，得
到A4尺寸。

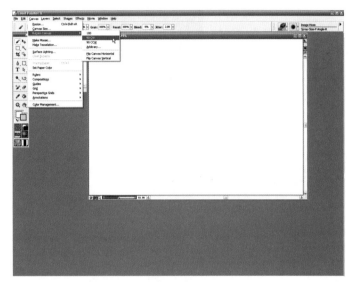

● 图4-2-1

● 图4-2-2

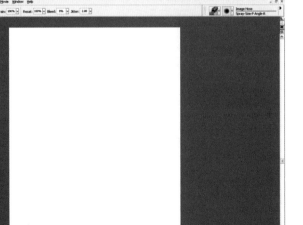

● 图4-2-3

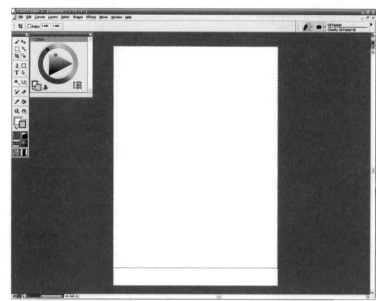

● 图4-2-4　　　　　　　　　　　　　　● 图4-2-5

# 4.3 绘画背景

　　首先要实现当初在速写本上的大构图，新建图层"背景"中画出地面的角度。

　　这一幅画，决定从头至尾只用一种叫做"Basic Round"的笔刷变量上色，它位于染色笔"Tinting"中。这是一种非常方便好用的上色笔刷，色彩过渡自然。

　　如图4-3-1所示，选择一个泥土色，放大笔刷尺寸进行快速涂抹。

● 图4-3-1

然后换一些蓝色和青色色调中的颜色对剩余的地方涂抹,那里就是有些奇幻的天空部分,一开始要大胆随意,不要拘泥于"一朵云怎么画"的问题。

这时候我们可以认识一下Painter中很特别的色彩面板——调色板【Mixer】,这是一个真实模拟生活中画家的调色板的工具,可以预先调合一些需要用到的颜色,随时用其内置的吸管工具快速获取不同颜色,这样做的好处是,不会因为不熟悉颜色的特性而盲目在色盘选取颜色而弄脏画面,或者因为害怕这样而不敢选取多样的色彩而导致画面过于平板单调。

如图4-3-2所示,首先将一些蓝色和青色进行混合,分别混合出明调、中调和暗调需要的色彩。

把染色笔"Basic Round"的属性进行调整,就可以一支笔当两支用,将颤抖率"Jitter"值调大一些,可以使流畅的一笔出现点的分离,使笔触富于变化,数值越大,线条越散。

● 图4-3-2

如图4-3-3所示,此时天空的色彩铺好后,还是杂乱无章的,只有大致的明暗关系。使用"居委会"笔刷"Blender"来帮忙融合一下色彩过渡即可,这次使用"Grainy Water"变量,这是可以在混合的同时保有一定原来笔触质感的混合笔,调大尺寸进行适当涂抹,并有意识地抹出白色区域作为云的雏形。大致完成后就可以进入对主角——血精灵的基本造型设计了。

● 图4-3-3

## 4.4 人物造型确定

首先还是新建一个"人物"图层，见图4-4-1。

用较为明亮的肉色根据人体结构和透视抹出大致的形态，在这时会遇到一个造型如何才最佳的问题，就需要多建立几个图层，多设计几个人体雏形进行仔细的比较了。如图4-4-2～图4-4-7所示。反复比较后，决定选用图4-4-7这样一个向右后方斜跳出去的姿势

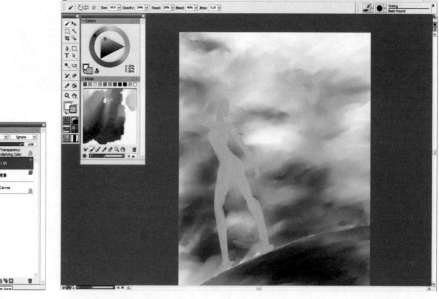

● 图4-4-1

● 图4-4-2

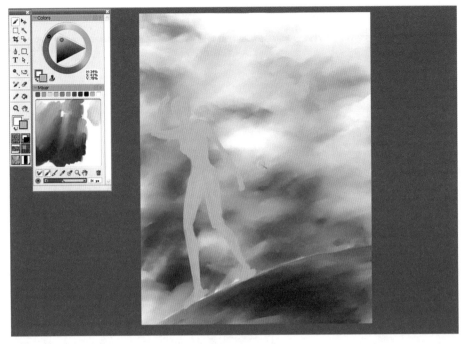

● 图4-4-3

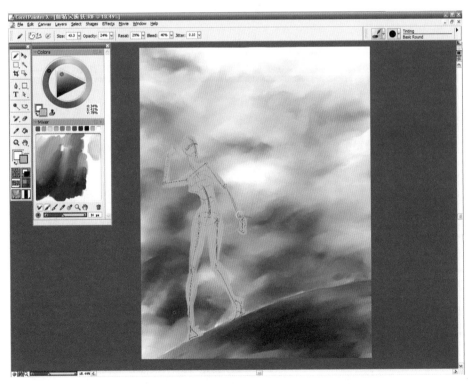

● 图4-4-4

● 图4-4-5

● 图4-4-6

● 图4-4-7

表现瞬间的动态和敏捷感,而且这样的方向刚好和地平线倾斜的方向一致,更突出画面要表达的紧张和不稳定的气氛。至于画面需要的平衡感,因为还有"龙鹰"这一角色的加入,是不需要担心的。

## 4.5 人物色彩设定

确定了人体的骨架动势,给人物设计颜色,其中发色选用红色,配合血精灵的血字,显得酷一些,也使整体蓝色调的画面带有一定的冷暖对比。可事先在调色板中调出红色的明暗调,然后用"Basic Round"涂抹出头发的大致动态和发型,见图4-5-1。

● 图4-5-1

　　利用调色板中的天空和头发色系来给衣服上色，只是在明暗上要有所区别，这样人物主体就和整个画面的色调就匹配了；另外搭配绿色系的内衣，作为头发的补色；用小面积的色块来点缀画面，添加一些黄绿色花纹，见图4-5-2。

● 图4-5-2

继续用调色板调出较为鲜艳的红色和黄色，来塑造裤子，和上半身形成鲜明对比的同时，和发色遥相呼应。而由于人物的衣着色彩已经够鲜艳了，因此面积较小但分布较散的护肩和靴子以及箭袋就采用偏纯灰的色调进行整体的调合统一，见图4-5-3。

● 图4-5-3

新建"弓箭和项链"层，因为弓箭位于画面中心，需要仔细刻画，但是和人物的身体重叠较多，因此还是分层刻画比较方便。可以参考一些弓箭造型资料，事先设计一下。最后决定是以较为传统的颜色和造型为基调，在上面带一些玉环和龙的镶嵌雕塑作为点缀。弓弦的直线可以用笔刷工具的直线快捷方式"V"添加。见图4-5-4，除了弓箭，还可以利

● 图4-5-4

用该层添加人物脖子上重叠的项链，把项链受到人物跃起后的动感瞬间画出来，增加人物的动感暗示。　再回到"人物"层，把护腕和腰部的小物件补充一下，由于衣服本身的鲜艳夺目，因此小物件都用一些棕色系和灰色系，辅以较为简单的构造作调和。

人物的基本色彩和服装设计就暂告一段落了。

## 4.6 龙鹰的设计

新建一个龙鹰造型设计"baby"图层，其位置在"人物"层下方，作为人物的宠物搭档，其位置一直为跟随型，这个瞬间是欲俯冲而尚未超过主人的。

首先是颜色方面的设定，用笔刷大致涂鸦出形体和色块。红黄色系也是符合魔兽同人的设定，且和血精灵的色彩设定有所呼应。龙鹰的位置刚好平衡了向左边倾斜的构图。确定好形态后，再稍微刻画一下明暗和结构细节，看看效果如何。见图4-6-1～图4-6-3。

● 图4-6-1　　　　　　　　　　　　● 图4-6-2

● 图4-6-3

　　刻画到这一步，感觉龙鹰的造型太闲适，没有俯冲的味道，于是新建一个新造型层，将原来一层的龙鹰移动到上方作为造型参考，在新层上用小尺寸笔头大致描绘了另一个姿势，利用俯冲的透视效果缩小翅膀展开的纵向面积，突出横向宽度，压低头部，使龙鹰看上去更加凶猛。新造型决定后，就可以再新建一层作为上色层，把原有龙鹰的颜色作为"调色板"进行上色和刻画，完成龙鹰的设计部分。见图4-6-4～图4-6-6。

● 图4-6-4

●  图4-6-5

●  图4-6-6

# 4.7 丰富背景

　　如图4-7-1所示，在背景层上新建"背景2"层，添加一些植物，根据事先的构想，这些植物比较魔幻，造型妖娆卷曲，诡异地很。分别在画面的地平线左右和前景处添加了不同颜色的植物，代表其不同的距离，不过最终的颜色尚未确定，这在接下去的深入刻画阶段会继续。

● 图4-7-1

## 4.8 深入刻画细节

重新回到"人物"层的头部,开始从头至尾逐一进行深入刻画。首先是头发和眉毛,力求用丰富的明暗和饱和度与红、橙、黄这三个邻近色营造明暗、动感和层次感;五官和手臂也逐一进行第一层次的刻画,见图4-8-1、图4-8-2。

● 图4-8-1

● 图4-8-2

　　当刻画到取箭的手时，觉得可能有更"熟练自然"的猎人之手，否则拿箭速度跟不上可就不够格啊！而且箭的尾部究竟怎样才最合理呢？

　　经过查询一些印第安人等的资料，又自己用手拿笔模拟了取箭动作进行拍摄取样，否决了原先涂鸦的手腕姿势，见图4-8-3。真人照片参考在创作中是比较有用的好方法。

● 图4-8-3

这时就需要专门新建一个层, 重新画一只手来覆盖原来的设计。用小号点的笔头把手的形态结构和明暗画出来, 并且画出箭尾的结构和正确的位置, 让原本突出的尾羽下降一些。见图4-8-4。

● 图4-8-4

擦掉原本的手, 通过使用图层调节工具来把设定好的手部结构图层移动到合适的位置。用右键点选"Free Transform", 以便自由转换, 调节节点, 按住"Ctrl"可以同比缩放和旋转。如图4-8-5、图4-8-6所示。

● 图4-8-5

● 图4-8-6

为了配合手腕的新角度，要局部调整前臂。使用自由选区工具 圈选后，仍然用图层调节工具单击选区，使它成为漂浮于原来层的临时漂浮层，经过自由转换拉伸到合适的新角度后，右键点选"Commit"，直接用笔刷在上面重新弥补细节即可，漂浮层会自动合并回去。见图4-8-7~图4-8-11。

● 图4-8-7

● 图4-8-8

● 图4-8-9

● 图4-8-10

● 图4-8-11

如图4-8-12所示，对整形完毕的手进行细部的明暗刻画。

● 图4-8-12

　　然后是身体部分，也是利用丰富的蓝色系画出层次感和明暗来，并且增添一些小的花纹。虽然是紧身衣，也要注意动态身体引起的褶皱。裤子也是一样，到现在为止都是全局光的刻画，光的方向是画面右上角，也要注意环境整体会在暗部也投射有环境光。见图4-8-13、图4-8-14。

● 图4-8-13

● 图4-8-14

如图4-8-15所示，画到小物件腰带和匕首时，觉得匕首可以稍微用点亮色，参考了一些匕首资料后，决定画成镶嵌有青玉石的银柄匕首，并把当初简单设计时过短的刀柄加长。箭袋则是刻画成灰白色皮囊。

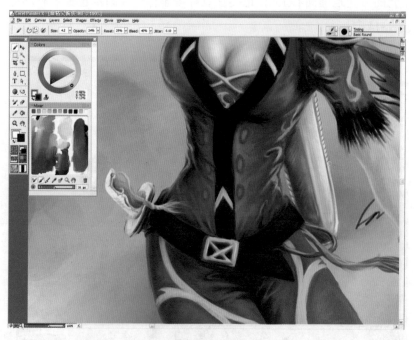

● 图4-8-15

打开"弓箭和项链"层，结合持弓箭的手一起刻画手臂，并把附近的箭袋底部和腰链一起仔细地刻画出明暗，注意两只手臂色调和大小要统一，如果对手在这个姿势的结构不是很清楚，也可以拍照参考。见图4-8-16、图4-8-17。

● 图4-8-16

● 图4-8-17

接下来，有些地方需要增加一些凹凸立体纹理，这也比较容易实现，选择照相机笔刷"Photo"，其中一个变量叫做"Add Grain"，就是以笔刷涂抹的形式，在不增加色彩的前提下，单纯来增添纸张纹理效果到画面，这种变量支持压感，因此当重复用力涂抹后，其纹理显现会呈现对比增强直至黑白分明，因此涂抹的时候要注意适度，见图4-8-18。

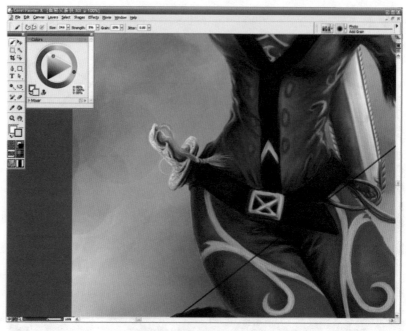

● 图4-8-18

之前涂抹银柄匕首时使用的是默认纸张，而皮带部分为了丰富画面而需要更换更适合的纹理、造成粗糙皮革质感，因此要打开纸张艺术材质库▓，选择另一种合适的纹理进行涂抹，注意明部和暗部的显现程度要不同，见图4-8-19。

● 图4-8-19

人物部分的主体大致刻画结束，为了画面进度的平衡，来到"弓箭和项链"层刻画一下其木质部分和镶嵌其上的玉石部分的各种基本明暗立体关系和光泽感，遇到色彩需要自然过渡的地方，照例可以调用"Blender"笔刷中的"Just Add Water"变量。见图4-8-20、图4-8-21。

● 图4-8-20

● 图4-8-21

玉石上要表现润泽以外，也会有一些柔和的凹凸，是类似龙鳞的意思。可以用小一些的笔头随机点一些黄色系和绿色系中的亮色，与红裤子接近的部分可以调和出一些红色反光。见图4-8-22。

● 图4-8-22

回到"人物"层，将最下方的靴子也刻画一下。注意要有一些深蓝光泽的灰色靴子的皮质感刻画，尤其是脚踝处运动导致的褶皱。由于上半身都刻画得比较仔细，为了虚实的对比，靴子的刻画可以粗狂一些，而且之后要加一些踩踏土地后尘土笼罩靴子外围的效果，见图4-8-23、图4-8-24。

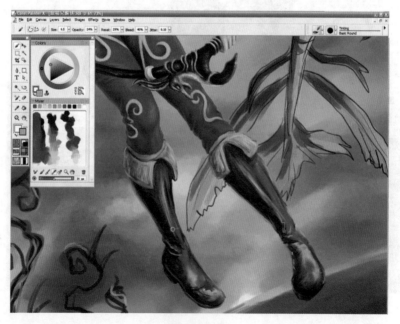

● 图4-8-23

● 图4-8-24

回到龙鹰层,此时已经可以隐藏其线稿层,独立刻画。注意龙鹰迎着阳光的一面色彩可以大胆鲜艳,而背光的翅膀面则要添加一些冷色调,见图4-8-25。

● 图4-8-25

为了增强全局光画面的冷暖对比，可以在刻画完主体细节后，分别添加"暗调"和"明调"层，在血精灵和龙鹰的轮廓上分别用浅蓝色和浅黄色添加冷色的暗部和暖色的受光部。"暗调"的图层合成方式为"Multiply"，"明调"层则为"Soft Light"。要注意此前一直勾选图层面板上的"Pick Up Underling Color"在此时要去掉，否则会沾染到下方图层所用颜色，见图4-8-26、图4-8-27。

● 图4-8-26

● 图4-8-27

# 4.9 精益求精来收尾

　　整幅画面的主体和明暗关系都已确定。接下来要整理背景、添加些画龙点睛的内容并且检查是否有遗漏和缺憾。

　　如图4-9-1～图4-9-3所示，为了增加龙鹰俯冲的动态感，决定使用滤镜菜单中的"镜头动态模糊"功能来个照相机中的"拍照手抖模拟效果"。首先为了避免龙鹰主体被模糊后失去细节，我们把"新造型"图层复制一下。然后在下方的层上实施该滤镜效果：打开菜单"Effect"→"Focus"→"Camera Motion Blur"。

● 图4-9-1

● 图4-9-2

● 图4-9-3

在打开的对话框外用压感笔果断地朝需要虚化的方向划一下，指示系统朝压感笔移动的方向、速度和距离完成动态模糊的效果，由于画布尺寸较大，Painter做这些特效时需要稍等片刻，并不是死机。

效果满意后，可以在【Effects】菜单中再次调出景深对话框【Depth Of Field】，使模糊效果更自然，见图4-9-4。然后将模糊的龙鹰层的合成方式更改为"Screen"，最终效果见图4-9-5。

● 图4-9-4

● 图4-9-5

开始刻画远处和近景植物，为了丰富画面的背景，不至于过于空旷，特地又新建了图层"背景3"，添加了远近不同的两座寸草不生的土丘山。见图4-9-6。

● 图4-9-6

在人物层上方新建一个"尘土"层，添加一些靴子踩踏土地导致的干旱尘土。这时候可以用对纸张纹理反应较明显的粉笔，选中"Blunt Chalk"变量，调大笔刷尺寸，并注意选定合适的纸张材质，一般默认即可。使用一些深褐色和深紫色根据光照的角度在靴子周围轻轻喷绘。为了达到自然和松散尘土的效果，可以关注一下笔刷属性，"Grain"值得大小决定纹理颗粒的反应程度是否明显，"Jitter"值则反映笔触是否聚合或散落。见图4-9-7。

● 图4-9-7

继续在两个植物和山丘背景层添加些颜色和明暗结构的细节，注意它们和地平线的连接处要自然。见图4-9-8。

● 图4-9-8

又要新建图层了！而且是在最上方，又是为何？这一层起名叫作"特效"，用一些类似肉色的暖色，轻轻地在画面的四周快速画出一些朝外扩散的气氛线，就像观众的视线被镜头一下子拉到血精灵和龙鹰的身上一样，产生动态紧张气氛。当然这样的线条太突兀，我们继续用特效菜单中的"Focus-Zoom Blur"来动态模糊这些线条。这个命令是以一种放大镜或缩小镜的扩散和收缩方式来模糊画面，可以产生纵深感。对话框中除了调节效果程度的滑竿，还有一个是"Zoom In"，就是用来切换放大和缩小方式的，如图4-9-10(a)所示。

模糊效果因为画布尺寸的原因，会延迟一会儿，结束后将图层合成方式更改为"Soft Light"。见图4-9-9～图4-9-11。

● 图4-9-9

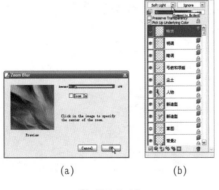

(a)　　　　　　(b)

● 图4-9-10

● 图4-9-11

　　再经过检查，觉得现在画面完成度已经很高了，于是新建一个签名层"Sign"，用书法笔"Calligraphy"中的"Dry Ink"在左下角签名，用了一个较暗的蓝色，然后把图层合成方式改成"Reverse-Out"。注意签名要似有若无，融入画中，不要破坏画面，成为"商业防伪标志"，见图4-9-12。

● 图4-9-12

如图4-9-13所示，为了更完善画面，"不死心"地又放大画面进行检查，发现一个遗漏，就是项链刻画后，没有加上飘起的项链在胸前的淡淡投影，于是赶紧用柔软的喷枪调了偏灰的肉红色画了一道投影。

● 图4-9-13

再次观察画面，觉得可以让视线中心的弓箭更加华丽一些，于是在"弓箭项链"层上新建"花纹"层，注意仍然保持图层面板上的"Pick Up Underling Color"被勾选，在上面画出一些妖娆的花纹，由于这个图层处在明调和暗调图层的笼罩下，因此明暗关系已经被控制住了，不需要特地去调整色盘，见图4-9-14。

● 图4-9-14

最后，缩小画面观察全局，感觉整体画面虽然冷暖搭配比较协调，但天空都是冷色调，比较平淡，尽管右上角是阳光的出现地，但是白光太冷，因此使用柔软的喷枪调大笔刷尺寸，使用淡橙黄色在新建的"阳光"层上轻轻喷绘。为了使之自然，将图层合成方式改为"Color"。见图4-9-15。到此整幅画就算完成了，最终效果如图4-9-16所示。

● 图4-9-15

◎ 通过本章的绘画过程，笔者希望插画爱好者们能更注意到插画设计需要投入的认真、热情和仔细，而不仅仅是所谓技术。

● 图4-9-16

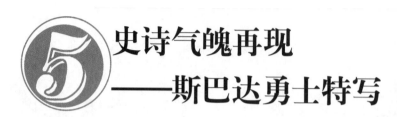

# 史诗气魄再现
## ——斯巴达勇士特写

## 5.1 创意的诞生

连续创作了3种不同的女性, 让我们也来换换口味, 看如何用画笔表现充满男子气概的英雄猛男。

与其说这一次是突发创意, 不如说是对电影《斯巴达三百勇士》的热爱, 而产生了用画笔再现其中主角的英勇气魄的创作激情。

由于电影的宽屏拍摄和出色的如画般色彩的控制, 那种波澜壮阔的历史感被体现得非常淋漓尽致。因此这次的画面, 特地采用了接近宽屏比例的横幅面。

如图5-1-1所示, 新建一个宽5000像素、高2200像素的宽幅画布。

首先记得新建"结构"图层, 构建基本草图, 可以用蓝色笔刷 (这里用了"Tinting"中的"Basic Round") 画出大概构图。

为了突出刻画英雄的气势, 整张画面选用了最典型的仰视角度、单人上身在画面中央的构图法——不需要任何配角的"孤胆"英雄式构图。

如图5-1-2所示, 人物的整体造型如金字塔般耸立在画面正中, 挺拔巍峨, 宽幅画布可以让旁边的云层有足够的空间扩张——走势向上向外, 可以很好地烘托主人公的气势。

英雄人体的结构是厚实的, 注意仰视后人体的胸肌和腹肌的走势是圆弧形的, 中轴线并不是垂直于画面, 否则会很呆板。红色为主光源方向的设定。

● 图5-1-1

● 图5-1-2

见图5-1-3，新建一个"草稿"层，用黑色画出带有明暗结构较细致的草图。

● 图5-1-3

## 5.2 历史感的色彩设计

使用Painter中的调色板【Mixer】，预先设计一下整体的色调是一个好习惯。

如图5-2-1所示，为了体现古老的历史感，色彩是不适合太过鲜艳和丰富的。主色调就围绕男主人公健康的麦色皮肤设定，整体都要明度偏暗。最鲜艳的只有披风部分面光的一小块。

调色板上的色块从左到右分别是披风、肤色、头盔和下面的一块云层色调设定，它们应是非常接近的。

为了保证画面有足够的古朴味和猛男的粗犷感，这里推荐使用一种特别的笔刷变量——艺术家画笔"Artists"中的印象派笔刷"Impressionist"，虽然不及真正的印象派画家手中的笔触，却也能提供非常有趣的变化感。

新建一个"色彩设计"图层，使用该笔刷变量，吸取调色板中的颜色，在缩小的画布视图中涂出大致的明暗关系。

● 图5-2-1

当然一些细节部分还是需要略微细致一些的笔刷深入刻画。如图5-2-2所示，放大视图，使用油画棒"Oil Pastels"中的"Chunky Oil Pastel"，这种变量也带有纸张纹理的粗糙质感，但更容易控制。所小笔头尺寸，将头盔部分的坚韧边缘大致勾勒出来。脸部不需要太清楚的细节描绘，人物才具有神秘的历史沧桑感。

然后是身体和盾牌。要注意不吝啬暗部的刻画，这样的画面气氛想控制好，必须强调暗部的重要性。腹肌靠阴影的比重而变厚，要烘托英雄人物的力量，可以给他设计很夸张的肌肉，如图5-2-3所示。

● 图5-2-2

● 图5-2-3

　　处理云层要尽量保留印象派笔触留下的优美质感, 不过作为云本身, 还是需要略微用 "Chunky Oil Pastel" 将过于粗糙的地方 "糊" 一下, 但千万莫过度, 要保持色彩的自然变化和丰富的层次, 下笔要轻, 如图5-2-4、图5-2-5所示。为了亲身融入整张作品的 "传统味" 中, 背景和人物并未分层, 统一作为 "色彩层" 一起绘画。

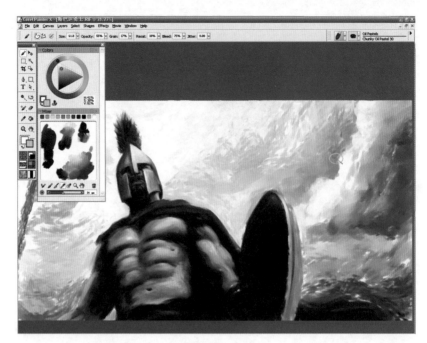

● 图5-2-4

● 图5-2-5

　　这一次的古朴画面，并没有将色彩分层。接下来是直接在云层上画出武器，左边是一柄长矛，注意用较深的颜色，线条如果实在画不干脆，长矛就缺乏力度，可以用"V"切换到直线状态把边缘画直。长矛上裹着粗麻绳之类，要画出随意粗糙的感觉，红色的条子也不能过于鲜艳整洁，要有破旧感。

右边盾牌上的3羽箭，画出不同角度、间隔距离和长度才不显得呆板，注意削断的地方也要有立体感和木片缺皮等细节，盾牌镶边也要有意画出不平整感。如图5-2-6、图5-2-7所示。

● 图5-2-6

● 图5-2-7

## 5.3 英雄化细节

　　人物和云层两大主体，经过仔细和反复地刻画，时不时放大、缩小视图观察，终于基本完成，见图5-3-1、图5-3-2。

　　观察全局，虽然也可以说是成品，但总觉得作为一张表现英雄的插画，还缺了些什么。原来平时生活在舒适都市的人往往会忘记投入角色环境，如果在这样血雨腥风的战场上，一个猛男战士之所以显得有魅力，怎能离开伤疤和鲜血呢？缺了这些小细节，干干净净的肌肉男就像健身房出来的临时演员，还不够入味三分。

　　这时候可以新建"伤痕"图层，设计一些细节的同时不用担心破坏原先画完的主体部分。

● 图5-3-1

● 图5-3-2

最先从头开始，在暗部设计两道裂痕，注意在图层面板勾选"Pick Up Underlying Color"，可以让颜色过渡和下层有关联，如图5-3-3。

● 图5-3-3

其次是暴露在盾牌外厮杀用的右手臂，要是二头肌上有较为深的割裂伤口，也比较合理。这个伤口需要研究半凝固血的颜色，绽开的肉和周围光的关系，又不能太宽大，否则会流血不止。但窄小的地方却会有多重色彩明暗变化，因此需要比较能体现细节的笔。

如图5-3-4所示，可以使用油画笔"Oils"中的"Detail Oils Brush"，用很小的笔头也能画出肯定的色彩。

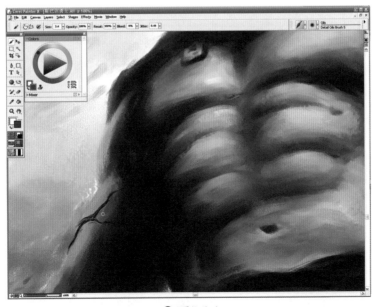

● 图5-3-4

最后，除了防具裂口和自身伤口之外，画上杀死敌人后喷溅在头上和前胸的血痕，就更合适了，这需要多花些心思在位置和仿真程度上。画血痕分以下几步。

如图5-3-5所示，第一步还是用"Chunky Oil pastel"，利用其粗糙的笔触抹一些饱和度和明度不同的红色在头盔和前胸上，模拟喷溅时间较长后，被抹开、变干的血渍绘制完成。

● 图5-3-5

第二步换一种喷溅颗粒较细的笔，在喷枪"Airbrush"中可以找到一种"Variable Splatter"的多变喷溅笔，将流量等属性调整到如图5-3-6所示，调整好笔头尺寸，小心地在接近刚才血渍的位置叠加一些新的散点状红色，可以模拟飞溅开的细密型血珠，注意这些血的颜色也都是偏深、偏褐色的。

● 图5-3-6

第三步用喷枪"Airbrush"中的"Soft Airbrush"，喷射一些轻柔的血色，将一些过于突兀在皮肤上方的血点在视觉上压下去，见图5-3-7。别忘记盾牌上一定也会被敌人溅到鲜血，而长矛作为杀敌的武器，自然不能忘记添加血痕。

● 图5-3-7

经过又一次仔细、反复调整，签上名，一张斯巴达战斗英雄的特写插画就算完成了！最终效果如图5-3-8所示。

◎ 这类写实插画，对传统美术基本功的要求略高，软件毕竟只是工具，从这张插画的绘制过程可以看出，其技术上可以依赖的地方较小，反而显得步骤稀少呢！

● 图5-3-8

 # SD娃娃主演的故事插图

## 6.1 创意的诞生

　　时下的娃娃玩具中最人气的就是SD娃娃，样貌可爱或帅气，穿着奢华精致。可价格动不动八千一万的，爱美的少年男少女们大部分只能看看图片过瘾。不能拿在手上把玩，不如画一个两个的，给他们编个故事，来一场DIY的虚拟"办家家"。

　　现在就"一黑一白两个美少女"的娃娃角色设定，创造出一个故事情景，大致说来是这样的背景：过去，英国的一个贵族男青年，婚后不久去亚洲野外探险，花心的他又爱上当地村落的女子，并把她带回国。但见妻子产下一可爱女儿，十分欢喜，他享受着天伦之乐，忙碌中遗忘了亚洲女子，不知她也为他产下一混血女儿，缺乏照顾而郁郁寡欢的少妇，将当年的定情信物藏在女儿的襁褓中，将其遗弃在某处，从此消失。一个神秘的占卜师看到一切，收养了这个私生女。

　　转眼贵族男人的女儿长到了17岁，那个私生女也16岁了。神秘占卜师一直以师傅的身份养育她，16岁生日时，占卜师算出私生女的父亲和同父异母的姐姐的所在地，少女决定寻找姐姐和父亲，要让父亲为当年的不负责任付出代价。

　　设定的插图场景要求——可以同时包含这对形成鲜明对比的两姐妹的构图。

　　首先，新建纵向画布，标准A5尺寸1754×2480像素的文件，如图6-1-1。

　　新建一个草图层"Layer 1"，用任意方便上色的笔起稿设计构图。这里用的是细节油画笔"Detail Oil Brush"。经过苦思冥想，以下场景设定满足了构图要求。

　　性格黑暗冷漠的妹妹，在临近黄昏的时候潜入父亲的宅邸，翻到二楼，是姐姐的房间，姐姐并不在屋内，左边挂着姐姐的画像，显示出这是一位善良温婉的淑女，和画中主角长相接近，却有着截然不同的性格对比。少女面无表情，似乎早就知道自己这位姐姐的生活有多幸福。打开阳台门，一阵风吹起了窗帘和少女的黑色裙摆，也吹进一些来历不明的羽毛洒在地板上，似乎要发生什么。

主角正对观众，阳台外是主光源，外表可爱却内心冷漠的少女，利用在后背的夕阳，呈现出逆光效果，突出她的这一性格。混血儿私生女的外表设定上，有着母亲一样的一头乌发和黑瞳，是和姐姐最大的区别。

大致的构图和布局透视如图6-1-2所示。

图6-1-1

图6-1-2

## 6.2 草图细节和色彩确定

依据最终确定的构图方案，在此新建一层，将构图层透明度调低作为参考。在新图层"Layer 2"上，先略为仔细地画出少女的人体细部特征和面部、服饰的细节以及基本明暗关系等。如图6-2-1所示，由于最终的成品是不带描线的，所以线稿也不需要太过精细。

少女的站姿花了较多时间推敲。让她的髋部随着风吹的方向摆，半扭着腰，右腿支撑，左腿随意地斜出，和裙摆刚好相反，是一个心思颓废女孩的很无所谓的站法，却又因此显得有些妖娆，且为即将踏入房间的下一步行动有了一个缓冲的准备。

● 图6-2-1

　　女孩的设定结束后，其他配景用最初的构图细节已足够。现在可以利用菜单中的【Canvas】画布的"Resize"尺寸变化命令，同比放大画面，为接下来的上色提供更精细的分辨率。

　　如图6-2-2、图6-2-3所示，将尺寸同比放大到200%（A4纸张大小）。

● 图6-2-2

● 图6-2-3

使用【Mixer】调色板工具，预先设计一下全图的色调是比较好的习惯。

在新建的"色彩"图层上，试验一下所调的色彩。如图6-2-4所示，这里的主体，人物是穿一身黑色哥特式服装的女孩，而环境主体是"姐姐的房间"，思考其姐姐的生活环境和性格特征，以及房间所占画面的面积，决定使用藕粉色调作为整张画面的主色。同时考虑阳光已经不强烈且偏暖，在调色板上调整出偏暖偏暗的粉色系，并分出漫反射光环境中的明暗。在细画前，可以根据习惯给新建的背景和人物层起个自己能辨认的名字。

主要的家具是一个柜子，姐姐喜欢纯洁干净的白色家具，但在家具背光面，还是要受到粉墙环境光反射的影响。

其他例如地板、相框、阳台和树等，也一一围绕这一主题把颜色设定好。

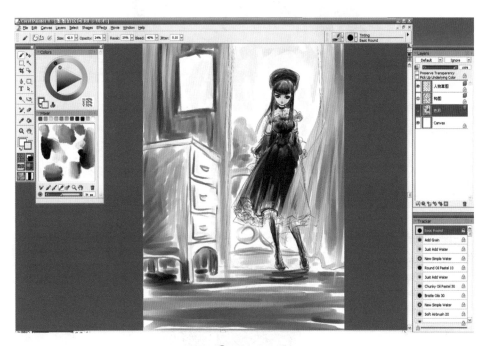

● 图6-2-4

放大视图，将"人物草稿"层不透明度降低作为参考，从主人公细部开始刻画。本图的上色主要使用"Tinting"笔刷中的"Basic Round"变量完成。

依照本人的习惯，先把眼睛画具体些，看着美丽的双眼，会有动力把其他地方画得更好。眼睛的结构相对复杂，所以在最顶部新建一个眼睛层"eye"，如图6-2-5所示。黑瞳少女就先使用纯黑色、缩小笔头，将眉毛和眼睛的具体形状勾勒出来，并画出基本的明暗细节。

● 图6-2-5

回到"色彩"层,将头部的肤色、头发等颜色和轮廓画得更细致些。

如图6-2-6所示,还是要使用较小的笔头,头发边抹上一些较为明亮的黄色作为太阳照射到的初步逆光效果。

● 图6-2-6

使用不同大小的笔头，从调色板吸取颜色，将画面整体都涂抹出进一步的细节。柜子和窗帘的迎光部分要注意和暗部要有较为明显的冷暖区别。如图6-2-7所示。

● 图6-2-7

女主角帽子上的波浪花纹较为规律化，为避免修改麻烦，可以新建一个"帽纹"层，专门画这一圈纹路。要注意勾选好图层面板中的"Pick Up Underlying Color"。如图6-2-8所示，这样整张画的大感觉已经显现出来了。

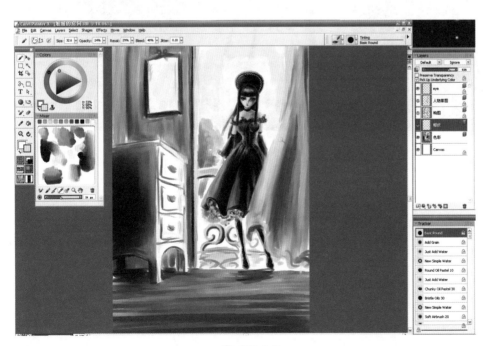

● 图6-2-8

## 6.3 姐姐肖像的绘制

在整张作品的创意中，用"画中画"方式登场的姐姐，是画面的特色之一，所以要和较为写实的妹妹的画法有所区别，采用带有描线的方式。

如图6-3-1所示，这时已经添加了更多房间的细节，如近处床的一角和柜子上的烛台雏形。墙上的肖像画也就是姐姐的形象，采用了蓝色背景，与粉色区分开来，深棕色的、较为简约的木质画框体现了贵族家庭少女的沉稳大气。姐姐的发色是金棕色，所穿服饰色彩也很浅，款式也更淑女，显得整洁大方，和妹妹处处形成对比。这些都是一直使用的"Basic Round"笔刷变量进行的粗略色彩设定。想必读者也该猜到，家具和姐姐肖像又该新建层来画了吧？

● 图6-3-1

得出基本设定后，就可以放大视图，描绘细节了。

如图6-3-2所示，原草图对于画框中的姐姐形象只有粗略的外轮廓和颜色的基本设定，需要另外新建一个专门的图层"肖像正稿"，为姐姐画一幅线稿。

● 图6-3-2

为了方便观察,将"颜色"层隐藏,并调低"草图"层的透明度,使用黑色小笔刷头,仔细地画出细节。如图6-3-3所示。

● 图6-3-3

清出整洁的线稿后,就可以关闭最初起草姐姐肖像的草图层而打开"色彩"层,观察效果,见图6-3-4,姐姐的眉眼虽然和妹妹如此接近,却有着温柔的表情,眉毛和眼角都很平缓,嘴角也有温和的笑容。

● 图6-3-4

根据姐姐肖像的线稿, 回到"色彩"层, 画出最终的色彩稿。完成这一步后要缩小视图, 观察整体是否协调, 如图6-3-5所示, 画框的明暗关系也要画清楚。

● 图6-3-5

观察完毕, 仍然放大视图, 将纸张纹理调整一下, 让肖像画中画有更粗糙的质感, 和其他地方区分开来。

具体做法如图6-3-6所示，打开工具箱中的纸张材质库的面板，选用较粗糙的一种纹理，再用专门涂抹出纹理的笔刷变量"Photo-Add Grain"，在画框内部垂直涂抹几下，姐姐的画像就更像"画"了。

还是要注意，"Add Grain"笔刷不能在同一个地方反复涂抹过多，这会不断增加对比度，而最终使色彩丢失，只剩下黑白对比，这样就失真了。

● 图6-3-6

再将笔刷变回"Basic Round"，缩小笔头，将画框的外部细节修整一下，姐姐的肖像部分绘制就暂告一段落了，如图6-3-7所示。

● 图6-3-7

## 6.4 主体处的细节加工

　　接下来开始把四周环境的光效一一加工，见图6-4-1～图6-4-3。包括柜子抽屉两边的光影效果和把手等细节、少女背后阳光的色彩过渡，还有阳台镂空雕刻及其在地上的投影。墙纸和画框的接近门边处和墙角的光照都是不同的，要仔细推敲。需要自然过渡的时候，别忘记切换到"Blender"混合用笔刷中的"Just Add Water"。

● 图6-4-1

● 图6-4-2

● 图6-4-3

　　裙摆也是一样，边缘受光处会罩染上一些夕阳的金色，而裙褶处会反映出绸缎料裙面的黝黑，适时地可以略微使用工具箱上的加深 ◎ 减淡 ◥ 工具提高裙子面料色彩的对比度。如图6-4-4所示。

● 图6-4-4

窗帘下摆和裙摆内衬裙,都因面料尺幅长而褶皱丰富,要想表现其厚度,并非很难。如图6-4-5所示,可以把"Basic Round"笔刷属性中的"Jitter"值调大一些,使笔触随机颤抖,配合不同深浅的同色调颜色,就可以完成很有垂感的窗帘下摆和裙摆内衬裙了。

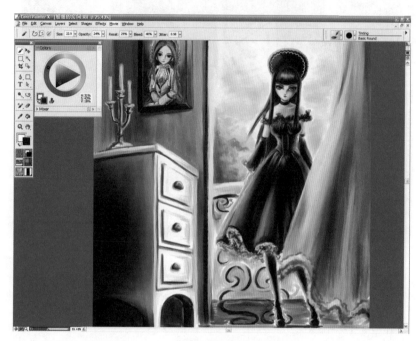

● 图6-4-5

到这一步,画面的主要细节都大致完成了。接下来要添加细节。

## 6.5 增强装饰,提高画面趣味性

来到在之前布置了烛台和卧室雏形的家具层,这两个物件对丰富整体画面很有帮助,所以保留并进行细致刻画。

放大视图到左上角,把烛台的结构初步画清楚,还是交替使用"Basic Round"变量和混合用笔刷变量"Just Add Water"。如图6-5-1、图6-5-2所示,这是一个银色的烛台,插着三支新放上去的白色蜡烛。

初步构造的时候就要注意将它融入整个场景的光环境下。朝光一面,会反射一些夕阳的橙黄色和墙纸的粉色,而反射的程度取决于蜡烛的质地和金属烛台的质地;背光一面也是同样道理,只是明度更低而饱和度更高了,产生冷色调的效果。然后根据光影色彩的规律,仔细地把细节勾勒清楚即可,烛芯也不要忘记画上。

● 图6-5-1

● 图6-5-2

画完烛台，再给粉色墙壁画上规则的图案，成为墙纸。

当然，新建图层是很必要的一步，且要将图层的合成方式改成"Hard Light"，图层命名为"墙花"。这样，同一个颜色的墙花会因为下层墙壁的光照强度不同，而自动配合出有深有浅的效果，融入到墙的粉色系中去。

怎样自定义和利用图案笔，在之前的章节已经见识过其便利了。这次就直接从图案笔材质库中挑选一个现成的图案，调节好起比例直接使用。

如图6-5-3所示，使用绿色藤蔓般的图案，将笔刷改变为"Pattern Pen"图案笔中的"Pattern Marker"变量，使其图案用色盘的颜色涂抹（这里用的是浅粉色，就像粉色墙纸上印着反光料子的花纹），而不是图案本身本色。

使用"V"快捷方式将画笔切换到直线方式，这个方式就相当于鼠标式100%压感，线条笔直，所以一开始要反复测试其在整个画面中的粗细比例，放大缩小笔头尺寸直到合适，然后就可以按"Shift"键，画出垂直于画面底边的直线图案。

(a)                                    (b)

● 图6-5-3

每两条之间的间隔也要注意均匀，但在有透视的墙面上就要注意了。由于新建图层的便捷，可以先统一画长度到地板的直线图案，然后再用擦除工具 ✎ ，将遮盖住前景的图案擦干净。只要放大视图，仔细耐心，不要有遗漏即可，见图6-5-4、图6-5-5。

● 图6-5-4

● 图6-5-5

    侧面墙壁由于透视关系，花纹本身也会有一些倾斜。这在之前涂抹时，能感觉到这个细节是无法忽略的，所以另外新建一个"侧墙花"图层，把这一个区域的墙花图案擦掉。在新图层上画完间距合理的新图案后，切换到工具箱中的图层调节工具，右键选择"Free Transform"，按住"Shift"键，自由转换这一区域，使它的角度竖直倾斜一些，符合墙壁的透视，具体可参看白色柜子朝光一面的边，然后再次击右键选"Commit"，恢复图层到可编辑状态，将图案放到合适的位置，如图6-5-6、图6-5-7所示。

● 图6-5-6

123

● 图6-5-7

　　回到窗帘和裙摆这个带动画面气氛的动态一角。这次要利用自定义笔刷，增加更多层次细节上去。

　　如图6-5-8所示，按快捷方式"Ctrl+B"，打开【Brush Creator】笔刷创作面板，在第三个标签"Stroke Designer"笔迹设计处，将现有的"Basic Round"作一些"改装"。在"Size"选项卡内，把笔头调整为内凹式，使笔头在纸上绘画时，笔尖中间颜色变浅。笔尖形状下方的两根滑竿分别控制着整个笔头的直径大小和内凹部分的直径大小，之间的差值导致外圈的粗细。可以在右边空白处反复测试直到满意。

● 图6-5-8

放大视图，用改装过的笔头在窗帘部分添加细节，也要注意随着光线照射强度的不同，要稍微改变一下色盘的颜色深浅和色调，如图6-5-9所示。

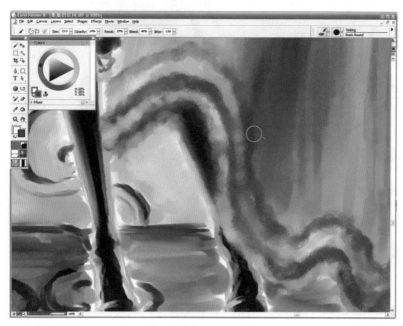

● 图6-5-9

如果有注意【Window】菜单中那个【Tracker】面板，也就是笔者一直开着的用笔跟踪面板，假若需要使用未改装前的"Basic Round"，可以方便地取回。

需要深入的细节有很多，如远处的树冠需要深入一下。

见图6-5-10、图6-5-11，树叶的色彩是比较多变的部分，首先用高"Jitter"值属性的柔

● 图6-5-10

● 图6-5-11

和喷枪将各种色调的底色铺好。再增添一些比较肯定的笔触，拉开树冠的层次感，这里推荐新的笔刷——"Artist"艺术家笔刷中的"Seurat"笔刷，是模仿著名画家修拉的笔触特点，通过随机散点和随机颜色，造成活泼上色效果的一种特别变量。利用好这个变量的特性，丰富树冠的层次。

当然，也可以利用修拉笔刷的多变特性，缩小笔头尺寸，再次给裙摆加点料，见图6-5-12。

● 图6-5-12

放大视图，反复检测其他地方的细节，如烛台、床脚、画框边缘和门框，都可以加强光的效果，见图6-5-13～图6-5-15。

● 图6-5-13

● 图6-5-14

● 图6-5-15

　　地板要画得平直但是又不能太死板，所以不适合用直线工具。可以使用"空格+Alt"键，临时旋转画布到大约90°，缩小视图，快速地涂抹，见图6-5-16。

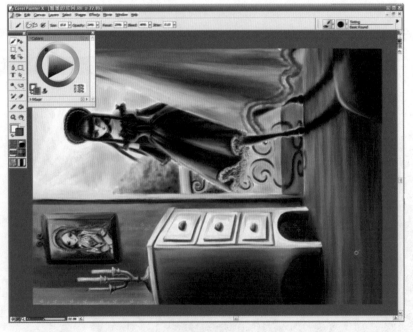

● 图6-5-16

　　再增添一个装饰细节，给女孩的项圈上加一个银色十字架饰品。如图6-5-17、图6-5-18所示，新建"项链"图层，用细小的笔头画出一个白银色十字架，边角稍微带点变化。首先将外轮廓确定，就可以在面板图层勾选"Preserve Transparency"，意为保护透明像素，就可以在当前图层已有的颜色上大胆修正细节，而不必担心画出界了。

● 图6-5-17

● 图6-5-18

最后解除保护透明像素的勾，用"Airbrush"喷枪中的"Soft Airbrush"轻轻地用比周围肤色更的深颜色涂上阴影，见图6-5-19。

● 图6-5-19

然后绘制来历不明的白色羽毛。新建一个"羽毛"图层，用小一点的笔刷画出姿态和大小各异的羽毛，注意光照，使羽毛并不呈现完全相同的白色，见图6-5-20。

● 图6-5-20

在羽毛层下另建一个"羽毛投影"层。由于软件的阴影制造功能色泽单一,角度规律,不适合变化多、角度散的羽毛,所以要人为画阴影比较逼真。如图6-5-21所示,根据光照的四散方向、羽毛着地角度和光照程度的不同,逐一画出色彩不同的阴影。

● 图6-5-21

# 6.6 增强气氛

缩小视图到全局,通过增加暖光和冷光,拉开空间层次,将房间内外的气氛营造得更到位。

首先在图层顶部新建"暖调"层,把合成方式改成"Soft Light",用大号的喷枪在女孩周围轻轻地喷上一圈橙红色。室外夕阳最后的灿烂加强了,同时门框和画框上方局部也要带一笔,床沿也是,以此增强反射效果,如图6-6-1所示。

在"暖调"层下方,建立"冷调"层,修改图层合成方式到"Multiply",使用浅蓝色喷涂一下画面下方的柜子暗部和床等部位,空间感加强了,但不能太过,因为淑女姐姐的房间应该是一个温暖可爱的环境,并不是鬼屋,只不过是异母妹妹的突然出现带来了一丝寒意罢了,这个度要把握好,见图6-6-2。

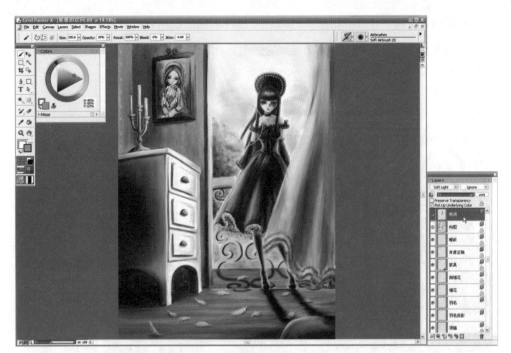

● 图 6-6-1

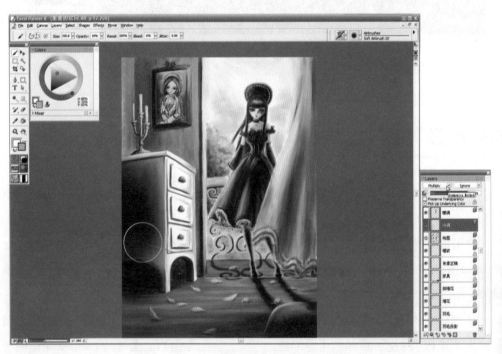

● 图 6-6-2

　　最后，回到最初上色的图层，换一种纸张纹理，调节好比例，用Photo笔刷中的"Add Grain"变量，在石料的阳台上涂抹几下，增强其石头的质感，算是对画面细节最后的补充，见图6-6-3。

● 图6-6-3

好了，最后做好保存和签名的工作，一幕由两位SD大眼娃娃出演的"情景剧"《姐姐的房间》完成了。

最终效果如图6-6-4所示。

◎ 这张插画不但运用了多种软件带来的便利技术，也注重传统美术的光影气氛表现，而且还含有较强的叙事性和原创设计成分，难度上更上一层楼了。

● 图6-6-4

# 呵护自然
## ——树精灵之舞

## 7.1 创意的诞生

环保话题是当今社会的流行话题, 这可不是为了时髦而流行, 而是保护大自然这件事的确迫在眉睫, 人人有责了!

以此为主题, 怎样创作一副美丽而不带教条感的环保主题插画呢? 于是笔者想到了和童话主题结合的构思方法。除了画中的人物是童话世界中虚幻的森林精灵, 绘画风格也要有童话般大胆艳丽的色彩, 并且这次插画设计决定发挥 "线条的集体行为艺术" 魅力, 利用线条的多变, 组合出繁复的视觉效果, 使画面效果饱满。大致的构图思路是使用纵长的挂画式构图, 画面的分量集中在底部1/3处。

画面的背景故事: 魔幻森林里有着很多高耸树木, 高大的树冠保护着这片森林, 显得很神秘。森林里有一些守护它们的树精灵, 平时居住在大树的体内, 每当森林植物处在生长期或环境受到破坏时, 树精灵会从树里面出来, 用自己的魔法祈祷让四周的生灵重新充满生机, 此时森林中其他的小型精灵都会被吸引, 围绕着树精灵看她曼妙的舞姿, 同时感受到树精灵的灵气而通体发光。

这幅插画表现的就是一个树精灵从大树上部以藤蔓的形式下垂到地面, 并从藤蔓中逐渐现出人形体态, 并倒吊着以舞祈祷的姿态。树精灵周围的植物都已焕发出生机。

首先新建一个长条幅的文件, 1754×3480像素。先将心中的童话色调在【Mixer】调色板中配好。如图7-1-1、图7-1-2所示, 新建一个草图层命名 "森林构图", 用 "Tinting" 笔刷中的 "Basic Round" 大致画出简单的几棵树干和地面的植被, 由于这次的大构图非常简单, 就直接进入铺色调阶段。

新建一个 "色调" 层, 调大笔刷尺寸, 用调色板内的色调从上到下, 根据简单的大构图直接涂抹出色调的分布，从上到下渐渐变得越来越暖、越来越艳，一个童话的彩色世界初具雏形。

● 图7-1-1

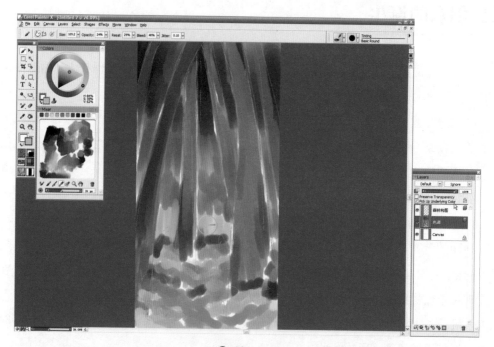

● 图7-1-2

　　新建"精灵构图"图层，使用"Oil"油画笔中的"Detail Oil Brush"细致油画笔用黑色直接起草跳舞的树精灵。倒吊的姿态并不好画，可以用"空格+Alt"键把画面临时旋转180°，方便起草正确的基本姿态。

　　如图7-1-3所示，藤蔓从附近几棵树干上盘旋集合，双脚还未从藤蔓中成形的精灵，扭动着腰肢，做出一个优美而伸展的姿势：下巴仰起，发丝飘扬，展开一双翅膀，张开着双掌，散放着灵力。

● 图7-1-3

　　把大致的姿态设计完，就可以恢复画面原来的角度。如图7-1-4所示，在树精灵的
周围画一些四散的小精灵，造型也是根据心中存下的一些"小精灵固有形象"即兴再创
作的。

● 图7-1-4

# 7.2 用繁复线条堆砌出画面效果

　　接下来有很长一段时间花费在整个画面线条的布局和勾勒中，从森林植被到树精灵本身，要力求华丽繁复，因为这是一张用线条表现灵魂的插图。

　　新建"森林"图层，用尺寸合适的细致油画笔慢慢地从地面前景开始刻画出姿态各异的植物，这种笔刷颜色实在，虽有压感影响粗细和色深，但是度比较小，容易掌握，不至于线条完全一样，导致刻板的感觉。

　　如图7-2-1～图7-2-3所示，从左到右、从下到上，付出耐心，可参考各种植被的图案，增加植物的形态丰富程度。"精灵构图"层会干扰大部分地区的构画，可以暂时关闭这一层。

● 图7-2-1

● 图7-2-2

● 图7-2-3

　　根据下1/3构图繁复的最初构思，把精力集中在画面底部的地面植被，尽量画得丰富华丽，越到后面越简单，树干上也只需要一些长而流畅、间隔不同的线条，最好一气呵成，缩小画面视图和临时旋转画布都可以起到帮助，多尝试几次，力求每一条树干上的线都流畅。最后形成如图7-2-4所示的森林线稿。

　　可关闭"色调"等其他的层，观察线稿的整体情况，的确做到最前景处是最密集的视觉效果，树干的顶端则比较空，使分量沉淀在下方。

● 图7-2-4

重新打开"色调"层，配合和谐的色彩和繁复的线条，画面底部的热闹感觉已经有了一定规模。现在打开"精灵构图"层，调低它的透明度作为画精灵线稿的参考层，如图7-2-5所示。

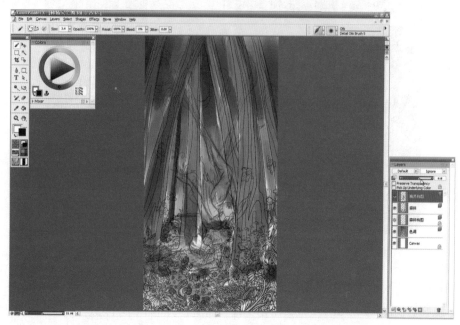

● 图7-2-5

新建"精灵线稿"层，放大视图并旋转到顺手的角度，从脸部开始慢慢勾画并设计出细节，如妖娆的带有羽毛的眼部、奇特的眉毛与树叶般的耳朵。头发的画法也比较"童话趣味"，要注意每一缕都要蜿蜒多姿地变化，并要有前后层次。如图7-2-6所示。

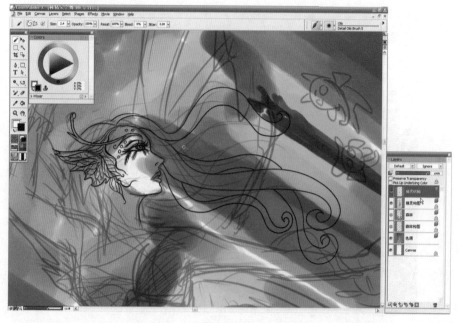

● 图7-2-6

画到全身时，"森林"层和"色调"层可能会干扰视觉的专注度，暂时关闭"色调"层，耐心画线稿，如图7-2-7所示，最长的头发末梢，被手指接触后幻化成为枝叶的状态。

● 图7-2-7

打开"色调"层，观察效果。精灵的身体并没有衣服的概念，通体都将用纹路表现与人不同的皮肤状态，所以胸部要注意地心引力的方向对人体展胸姿态的影响，如图7-2-8所示。

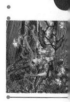

● 图7-2-8

## 7.3 赋予树精灵色彩

精灵的大致形态都画完后,可以新建一个"精灵色彩"层,开始用"Basic Round"铺上和森林和谐一致的色调,如图7-3-1所示,可以借用调色板中调好的森林色调,作为改变色调的基准。为她上一层青绿色的皮肤色,橙红色基调的翅膀与地面最暖色调的地方接近。头发则用了浅黄色,末端生成嫩绿色的枝叶。藤蔓部分先弄些棕色和墨绿色涂鸦一下。

缩小视图,观察精灵周身的颜色是否和谐,色彩的设计要让精灵既能浮现于画前成为视觉焦点,又融于森林之中,与环境匹配。

● 图7-3-1

再次关闭所有干扰线条的颜色层,在"精灵线稿"层下新建"发丝etc"图层,补充一些发丝和纹身等装饰线条的细节,如图7-3-2所示,给每一缕头发中补充几条流畅的发丝线,由于分开了图层,修改细节时就不会影响头发外缘了。

● 图7-3-2

打开"色调"层，观察效果，有了发丝细节后的头发层次更丰富了。注意头发的黄色并不是没有层次的一种黄色，而是根据周围色彩环境，色调和深浅是有所渐变的，如图7-3-3所示。

● 图7-3-3

暂时关闭"色彩"层，继续在"发丝etc"层上绘画细节。在精灵身体的各部分，疏密有致地设计一些图案花纹，如图7-3-4所示。

● 图7-3-4

如图7-3-5所示，打开所有色彩层观察效果，并把出界的颜色清理干净。

● 图7-3-5

再次在顶部新建"树枝藤蔓"图层，画藤蔓的颜色部分，使用"Basic Round"和褐色调，设计出自上而下盘旋到精灵身上藤蔓的走向，让经过身体的颜色可以覆盖住下层，然后再新建"藤蔓线稿"图层，根据所设计的色块走向，画出有粗细和层次变化的藤蔓线条，如图7-3-6、图7-3-7所示。

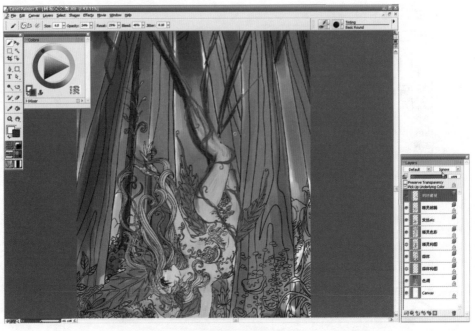

● 图7-3-6

● 图7-3-7

　　为照顾画面的进度平均,暂停对藤蔓的细部刻画,回到"精灵色彩"层,略微画出一点身体的明暗立体感,整张画面采用的是图案式平涂色彩,只有精灵这个主体部分,还是稍微有点立体感和光泽感的塑造比较好。如图7-3-8所示,用"Basic Round"在身体部分需要的位置抹上更浅亮的青色。

● 图7-3-8

翅膀的设计是类似树叶的构造，将叶脉的浅米色画上。然后耐心地把整个精灵的出界颜色擦除干净，如图7-3-9～图7-3-12所示，要查看边缘是否干净，可以关闭"森林"层线稿观察。然后用融合笔"Just Add Water"来把精灵体内的明暗色调融合到自然的过渡效果。

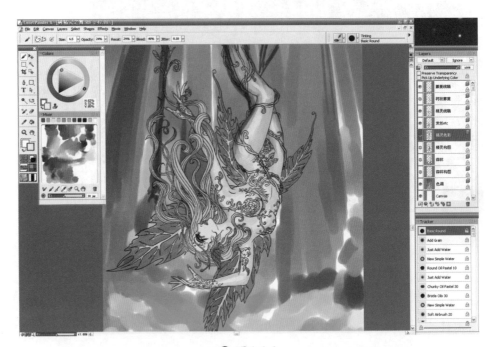

● 图7-3-9

● 图7-3-10

● 图7-3-11

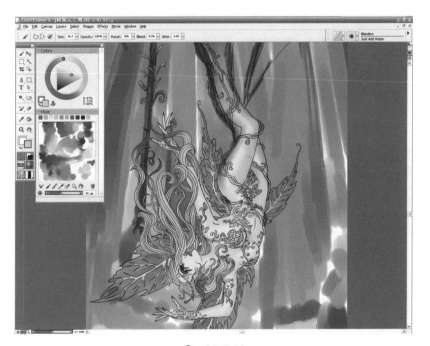

● 图7-3-12

　　精灵的主要部分完成的差不多了，回到"藤蔓色彩"图层，根据绘画的藤蔓线条细节，把藤蔓的色彩也清理干净，加上点色调变化。如图7-3-13、图7-3-14所示，尤其要注意覆盖在身体上的褐色藤蔓颜色不要出界。

● 图7-3-13

● 图7-3-14

　　重新打开"精灵构图"层，参考小精灵的设计，在新建的"小精灵"层上，用大号喷枪将小精灵们的位置一一喷绘出来，颜色是几乎发白的青蓝色。如图7-3-15～图7-3-17所示，大号喷枪的低透明度和均匀柔和的笔触，刚好可以让这些小精灵拥有微微发光、轻盈漂渺的特质。另外新建小精灵的线稿层，画出清楚的姿态线条。然后回到"小精灵层"，将线条内部的身体主体色彩涂实一些，并用稍微深一点的颜色画出朦胧的立体感。

● 图7-3-15

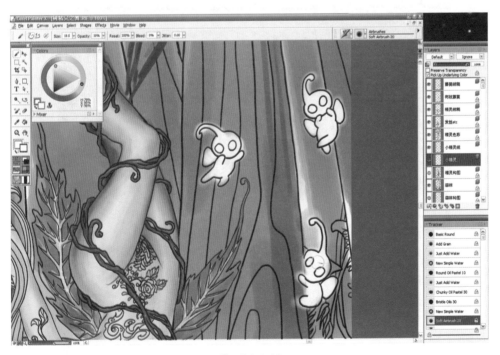

● 图7-3-16

● 图7-3-17

现在回到精灵的线稿补充层"发丝etc"图层，把靠近藤蔓的腿部附近的纹身细节添加上，和之前一样，纹身图案都是些即兴涂鸦的图案，并不难，只要仔细并控制好分布的面积即可，如图7-3-18所示。

● 图7-3-18

为了体现纹身（其实对于精灵来说，显然不是纹上去的吧！只是这种说法比较通俗）与其他皮肤处的不同，再新建"精灵纹身"图层，在"精灵色彩"层之上，将合成方式改为"Overlay"，用深蓝色小心地在纹身图案的线条范围内涂一遍。这样根据之前给精灵身体的明暗调的不同深浅，纹身的颜色也产生了和谐的深浅变化，见图7-3-19。

图层似乎太多了点，为了看起来清楚，就把和树精灵有关的图层用"Shift"选中，"Ctrl+G"把他们群组在一起。如图7-3-20所示。

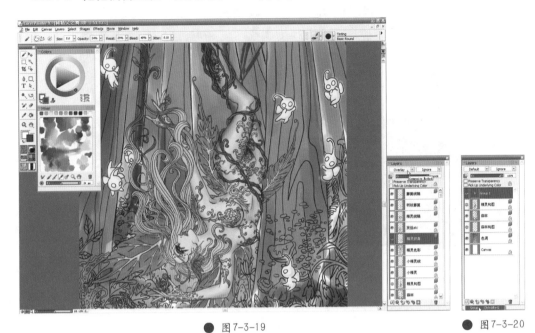

● 图7-3-19

● 图7-3-20

将群组名称修改为"精灵"，然后继续选择"精灵色彩"的那层，开始调小笔刷尺寸，给树叶般的翅膀添加丰富的色彩层次。如图7-3-21、图7-3-22所示，最外缘是深红的，当中接近叶脉的地方是墨绿，中间则是渐变的橙红色。依次仔细地把4片翅膀都画好，把出界的颜色擦干净。

● 图7-3-21

● 图7-3-22

　　为了丰富翅膀的质感，另外新建一层"翅膀斑点"层，使用喷枪中的另一个变量"Fine Spray"，喷射一些细腻的土黄色斑点在上面。如图7-3-23所示，注意属性的调整，数值的不同会导致喷射的密度和流量的不同。喷射完后，将喷出界的点都擦干净。这样，精灵的部分就算完成了。接下来是为地面植被补充色彩细节。

● 图7-3-23

# 7.4 赋予地面植被色彩

整个森林在最初构图时就有了基本的色调范围规定，因此在赋予前景植物更多色彩细节时，不能脱离这个范围，颜色要鲜艳丰富，但所有的不同颜色面积要小。

如图7-4-1～图7-4-4所示，在"色调"层上新建一个补充植物色彩细节的"植物色"图层，并大致涂抹出植物各自的颜色。然后耐心地将每一种植物的颜色涂饱满，需要过渡自然的地方就用"Just Add Water"变量，色彩边缘整齐不出界。这种图案化的色彩，要得就是整洁和搭配漂亮，耐心就能做到。

● 图7-4-1

● 图7-4-2

● 图7-4-3

● 图7-4-4

经过耐心的刻画，前景和背景植物超级繁复的色彩就这么慢慢地磨出来了，这里并没有什么技巧。

## 7.5 画面上半部的细节收尾

最繁复的插图下1/3部分完成了，之后就集中精力攻克上半部分剩下的细节。

首先观察全图，决定将精灵的主体从繁复的植物背景中稍微再跳出来一些。

在"精灵色彩"的层下，新建一个"精灵光环"层，将合成方式改为"Overlay"，用大号喷枪在身体周围外侧喷一圈鹅黄色光芒。如图7-5-1所示，现在树精灵就更有神圣的味道了。

● 图7-5-1

回到"精灵色彩"层，将最初的藤蔓色彩涂鸦慢慢修整干净，交替使用褐色调和黄绿色调。如图7-5-2~图7-5-5所示，当色彩结构清楚后，找到"藤蔓线稿"层，将精灵身体内的藤蔓线条延伸出去，继续保持耐心，完成所有藤蔓的颜色和线条，把出界的地方擦干净，并注意线条要表现出藤蔓彼此的层叠关系，不要画得太单调。

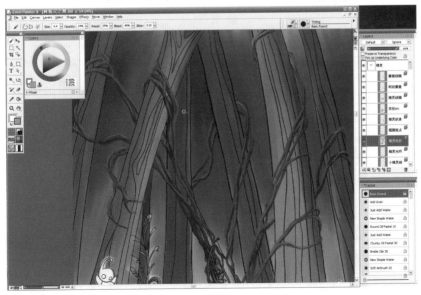

● 图7-5-2

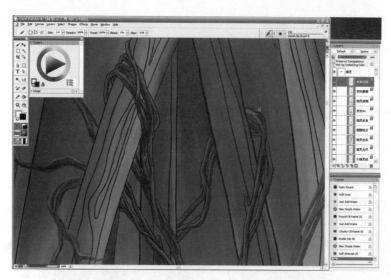

● 图7-5-3

● 图7-5-4

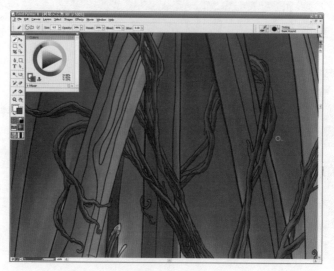

● 图7-5-5

现在所有的画面细节都终于攻克下来，已经进入尾声。

观察全图，决定再让整个空气中漂浮一些花粉类的粉尘和荧光物质，增添魔幻森林的神秘气氛。如图7-5-6所示，在图层面板顶部新建一个"荧光"层，再次使用喷枪笔刷中的"Fine Spray"变量，放大笔刷并调整好属性，适当地喷洒一些朱红色和天蓝色的细碎点状颜色。

● 图7-5-6

从整幅作品看，色彩丰富却还可以来一个更耀眼的点缀。

如图7-5-7所示，在精灵组中的"翅膀斑点"层上方新建一个"魔力光环"层，合成方式改为"Lighten"，然后用朱红色柔和喷枪在四个翅膀尖涂抹，产生超脱于整个画面的红色光芒，两只手掌上也少许地涂抹，使精灵看上去正在释放着魔力。

● 图7-5-7

如果对画面完成度满意的话就可以签名完成作品了, 如图7-5-8所示, 在画面角落用钢笔工具 "Smooth Round Pen" 签名, 颜色很接近画面的植物色, 显得融入整张画, 不至于喧宾夺主。

● 图7-5-8

◎ 超长挂画完成了, 拥有繁复多变的线条堆砌的画面效果还不错吧? 见图7-5-9。

● 图7-5-9

# 梦幻的长发鱼妖

## 8.1 创意的诞生

Painter的数字水彩笔效果非常不错，所以这次的创意是用水彩笔作为主要工具，充分利用水彩笔绘画的水润视觉效果，创作一幅带有梦幻气氛的插画。

在人物的设计上，笔者参考了水彩的梦幻插画大师天野喜孝的带有妖娆气质的脸部特征。画面的故事背景，是给美丽的海洋人鱼创造的近亲，有一种很好静的人鱼，悄悄游到江河这样的支流，并这样找到一些幽静的湖泊，在那里独自生活，她们寿命很长，在环境优雅、充满梦幻般的湖泊深处渐渐变成了长生不老、容颜美丽常青的鱼妖。

这幅插画要画一个美丽的长发鱼妖到岸边小憩片刻，欣赏着她所居住的湖泊林地的美妙景象，力求表现出神秘浪漫而梦幻的气氛，就像一个从未被人亲眼见过的鱼妖传说。

首先新建一个比例宽敞的画布，这次是3400×2500像素，如图 8-1-1所示。

新建一个草图层"Sketch"，开始构图。用的是"Colored Pencils"彩色铅笔中的"Colored Pencil"变量，这种铅笔和普通铅笔在实际生活中是不同原料制作的，因此在Painter中所表现的质感也是不同的。彩色铅笔更加体现纸张的凹凸感，很适合与水彩颜料配合使用。

大致构图是一个侧脸而长发飘逸的鱼妖倚靠在岸边一棵特别的树边，这占据了画面的左边，树冠撑满了左边2/3的画面顶部空间。树后是岸边林地，右边则要空旷很多，是纯净的湖水和水汽弥漫的空气后若隐若现的远景。因此这张画的布局是左满右空，见图 8-1-2。

● 图8-1-1　　　　　　　　　　　　　● 图8-1-2

　　数字水彩"Digital Watercolor"的属性使它上色的最佳效果表现是在画布底层。看似没有图层会比较麻烦，其实未必，因为水彩自带擦除和融合工具，而且水彩颜料本身的混色能力相当出色，这次插画的主体——水彩颜色部分就将在画布底层上完成。

　　注意，存储水彩颜料作画的文件，必须要使用"Riff"格式，避免水彩的湿润属性被去掉，在"Riff"格式里，除非人为操作晾干水彩（要晾干水彩，可到"Layer"图层菜单内选择），否则一直是润湿的状态。

　　如图8-1-3所示，先在【Mixer】调色板内配置好将要使用的色调，所选颜色都是比较明亮通透的，然后大胆地用"New Simple Water"铺上颜色。水彩的湿润特性使最初的上色就营造了一种梦幻感。

● 图8-1-3

## 8.2 前景的初步刻画

　　放大视图，将铅笔草稿"Sketch"图层调低透明度，并新建一层"线稿"层，在上面用彩色铅笔勾画出鱼妖的线稿。虽然这次线条的存在面积仅仅在近景，但也是比较重要的画面构成因素。可以弥补梦幻水彩风格的形态无力感，突出画面主体部分的存在感。

　　如图8-2-1所示，尽量将美丽鱼妖的眉眼画出妖娆闲适的感觉，头发上设计一些繁复的装饰，如海螺、田螺和珊瑚等，发型飘逸，但发鬓附近则卷了好几圈麻花辫，额头上长有角，手背上有眼，手臂上则有鱼鳍，这是她和人鱼的区别。手里捏着花，嘴里也叼着花，这是鱼妖喜欢吃的零食。

● 图8-2-1

　　见图8-2-2、图8-2-3，鱼妖挑选这棵仙树作为岸上栖息的地点，因此专门在树根处放了一个从海里带来的巨大海螺，盛放特别的甘露。休息时，鱼妖会让头发飘起，挂在树枝上飘摇，这时的心情是最好的。用铅笔画海螺时，用褐色要比用黑色更自然。有了清楚的线稿，就可以到底层画出更明确的水彩色。

● 图8-2-2

● 图8-2-3

要画出童话仙境中才有的树，就要设计出妖娆多变的树干和上面的纹路。如图8-2-4
所示，也要用接近树皮颜色的深褐色作为铅笔的颜色，所配合的水彩也要层次丰富，表现
出树洞之类很有岁月感的味道。

● 图8-2-4

　　远处的几棵树，则用统一的白色，看上去飘逸清淡，与前景主要的仙树区分开。

　　如图8-2-5所示，这些树要避免用铅笔勾勒线条，而只使用淡淡的灰蓝色水彩涂出树干的外轮廓，使层次距离拉开。虽然是直树干，也要姿态各异、远近不同，避免像人工造成的行道树。

● 图8-2-5

仙树的树冠是比较大面积的一块近景，为了让颜色层次丰富，可以使用水彩笔中的"Spatter Water"，如图8-2-6所示，笔触会随机散布，可以随时调整笔头大小，增加丰富程度。

● 图8-2-6

和"New Simple Water"效果近似的笔就是"Simple Water"，也可以尝试用它来进一步刻画树木的色彩变化。本设计稿中的第二主角——中景的一棵树，见图8-2-7。大体色调可用调大了的笔刷画，树纹和轮廓中隐约的深色线条用细小的笔头反复刷即可，要充分利用水彩柔和，这样树木外轮廓也不如卡通画那样轮廓过于分明。

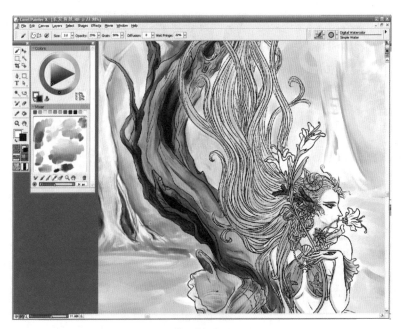

● 图8-2-7

近景的岸边石头，也可以用"Spatter Water"和蓝灰色调涂抹出质感，这些石头长期在湖边，光滑温润，有类似玉的质感，见图8-2-8。

● 图8-2-8

中景的树皮和近景不同，是横向的设计，可以尝试用钢笔工具"Pens"中的"Smooth Ink Pen"画一些细细的浅色纹路，不能太多，只是作为点缀，见图8-2-9。

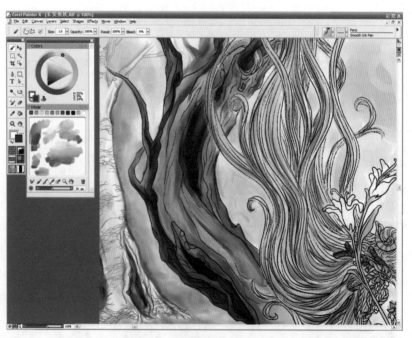

● 图8-2-9

见图8-2-10, 仍然使用"Spatter Water", 在树干、地面和背景上进一步绘画, 塑造活泼的色彩变化。

● 图8-2-10

在主树干上, 用笔头细小的"Simple Water"和深褐色, 画一些大小不一的椭圆形树皮纹理, 使树干更有妖娆的童话树味道, 如图8-2-11所示。

● 图8-2-11

# 8.3 远景的朦胧效果

使用"Spatter Water"的散点特性,可以画出很梦幻效果的远景。但是它还有不足,就是色彩仍然是传统的根据色盘当前色上色。我们可以利用笔刷控制命令,改变这一原本的概念。

如图8-3-1所示,在【Window】菜单中的"Brush Controls"笔刷控制中选择"Show Color Variability",打开图8-3-2所示的笔刷控制集成面板中的色彩变化面板。三根滑竿分别控制色相、饱和度和明度的变化程度,滑杆越向右,变化的范围就越大。可以通过自己的调试直观感受色彩的变化。当色相滑竿调大后,就会根据色盘当前选择的色环颜色点,朝左右两旁扩散范围,也就是邻近色都加入到随机的范围,如果调到最大值,则整个色盘所有的色相都参与到随机范围内,变得五颜六色了。饱和度和明度的概念也是根据这个原理设计的。

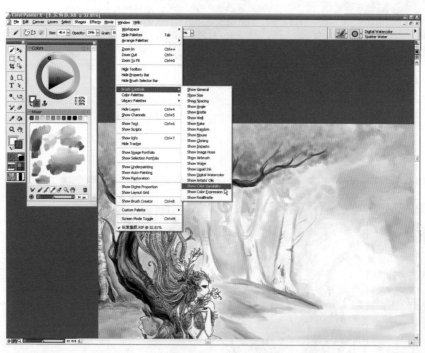

● 图8-3-1　　　　　　　　　　　　　　　　　● 图8-3-2

经过滑竿的调整,再次使用"Spatter Water"就能产生丰富的散点色效果,利用好这一特性,调整笔刷大小和用笔的压力,将远景的朦胧感画出来,见图8-3-3。树冠、鱼妖的鱼尾部分和石头也可以少许利用这一笔刷的变色原理画进一步的层次。

● 图8-3-3

　　"Salt"笔刷变量，顾名思义就是撒盐，所以这一笔刷的效果是笔触的散点状态如盐粒一样，面积小、颗粒大，而且遇水会化开，朦朦胧胧的很能营造气氛，因此可以用这一笔刷在树冠部分适量使用，增加仙境的味道，如图8-3-4所示。

● 图8-3-4

　　水彩笔虽然融合性很好，但也要看水分的多少，普通的"Simple"类笔刷比起"Pure Water Bristle"的水润力度就要差一些。如果画面的色彩柔和度还不够，可以用这一变量来解决，作用类似于"Just Add Water"与其他画笔的关系。如图8-3-5所示，远景部分需要更大力度的朦胧感，要部分模糊"Spatter Water"留下的散点笔触。

● 图8-3-5

## 8.4 用图像管制作树叶

新建一个空白画布，用来制作树叶的图像管。如图8-4-1、图8-4-2所示，使用米色分层画一些不同造型的叶片作为点缀图案，并让颜色有所渐变，然后群组所有的图案。

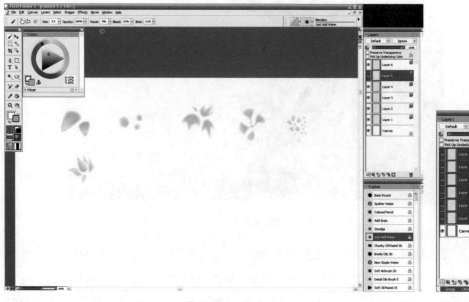

● 图8-4-1　　　　　　　　　　● 图8-4-2

如图8-4-3、图8-4-4所示，在图像管材质库█中使用命令"Make Nozzle From Group"，从该群组制作出图像管，将它命名保存起来，导入材质库中，就能通过图像管笔刷"Image Hose"喷射自定义的图像了。

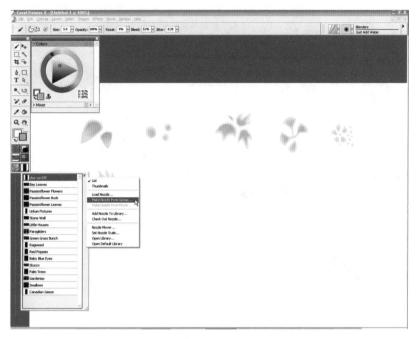

● 图8-4-3

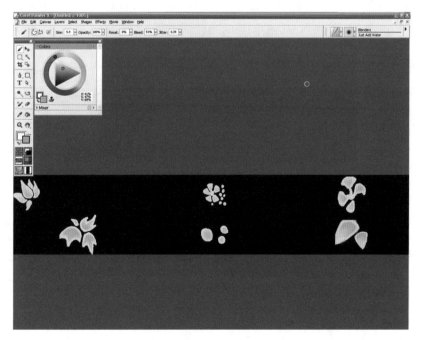

● 图8-4-4

使用"Image Hose"中的"Spray-Angle-W"的喷射方式,在新建的图层上为近景树冠喷射上树叶图像,这样效果随意又有效率,如图8-4-5所示。

● 图8-4-5

复制树叶图层,将其中的一层做一下色彩变化,来丰富层次。如图8-4-6~图8-4-8所示,使用渐变材质库中的"Express in Image"命令,可以将设计好的颜色根据明暗渐变,自动分布到当前图层,替代当前层的同等明暗色调的颜色。

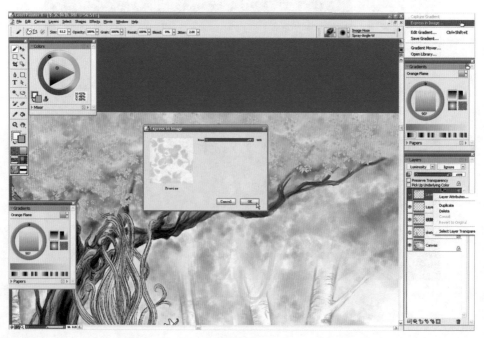

● 图8-4-6

● 图 8-4-7

● 图 8-4-8

　　继续用图像管在树枝下方喷射少量树叶图案，就像风吹后洒落下来一些叶子，增加画面的动态美，然后新建一个增加浪漫气氛的图层"飘粉"，如图8-4-9所示，现在使用另一种非水彩的画笔来增添画面内容。使用"Airbrush"喷枪内的"Variable Splatter"变量，调整好流量等属性，在画面的空旷处喷洒一些细碎的粉末，可以用几种颜色，就像花粉之类的东西飘散在空气中。

● 图8-4-9

　　另外新建图层"Layer 3"，在右边的远景处喷射一些较疏散的树叶，通过特效菜单的【Adjust Color】功能，将颜色调整为适合紫色调背景的颜色，然后调整图层合成方式到"Colorize"，使色彩更和谐，如图8-4-10、图8-4-11所示。

● 图8-4-10

● 图8-4-11

## 8.5 最后的完善

　　回到画布底层, 使用水彩笔中的 "Simple" 或 "New Simple Water", 补充草地、湖泊和树林的细节, 并用 "Pure Water Bristle" 适当做一些色彩的融合调整。如图8-5-1、图8-5-2所示。

● 图8-5-1

● 图8-5-2

　　放大视图到鱼妖的位置，当全体画面的描绘力度都均衡后，把主体再作一个细节的提升工作。调细笔头，给鱼妖的各种发饰和装饰品添加丰富的颜色，更仔细地完善鱼尾的部分，并在石头部分也添加一些灰色的不规则圆圈，凸现石头的纹理，上面撒一些小花瓣。如图8-5-3所示，岸边比较空，可以加一些水边植物，其实这里也不用太讲究科学环境，童话般的世界，还是以美观最要紧。

● 图8-5-3

　　继续添加一些远处的岸边水仙，然后找一些蝴蝶资料，添加一些姿态、花色各异的蝴蝶，增添一些动态的小生命，他们被鱼妖的美丽吸引而来。如图8-5-4、图8-5-5所示，湖的右边也添加少数蝴蝶，并在湖面轻轻扫一些深于湖水的颜色，作为蝴蝶飞过的倒影。

● 图8-5-4

● 图8-5-5

　　最后在不起眼的角落签名，一张长发鱼妖湖边小憩的梦幻风格水彩插画完成了。最终效果如图8-5-6所示。

# 重新演绎的现代版黛玉葬花

## 9.1 创意的诞生

《红楼梦》作为我国最经典的名著之一，其中人物故事自然是广大艺术家进行各种艺术创作的宝藏和源泉。"黛玉葬花"这一著名桥段，就有数不清的艺术绘画作品，不同的画家经过自己的理解，演绎了无数个黛玉，正所谓"一千人心中有一千个黛玉"，这个小说人物已经升华为一种精神的象征。

这一次插图的主要创意，是来自于最近在上海演出的舞台剧《红楼梦》。由于舞台剧的时间问题，除了剧情本身被全新演绎，令观众耳目一新外，戏服和人物装扮的设计更增添了夸张、华丽的戏剧特色，使其视觉效果能适应于体育场这样广阔的环境内。

从对这一出舞台剧中人服饰的欣赏中，可以发现一种有别于传统印象中红楼梦人物服饰的华丽之美，尤其是黛玉这样一个清雅的角色，虽然演员穿着的是繁复华美的衣饰，却仍然能凸现其人物的性格和人格魅力，服装设计师的艺术造诣令笔者着迷，并产生了以这一套黛玉戏服为原型，设计一副全新的"华丽版"《黛玉印象》CG的想法。

如图9-1-1所示，首先新建纵向画布，标准A5尺寸1754×2480像素的文件，这个尺寸大小适中，很适合起草构图，画面主体是纤瘦型的黛玉站立姿态，因此采用了纵向构图。

新建图层"Layer 1"，使用自己喜欢的浅彩色铅笔"Colored Pencils"勾勒出人体的大致比例和姿态，大致表现的是双手持花锄的黛玉回首顾盼的优雅姿态，见图9-1-2。

注意：这里的界面中，我们可以发现常使用的笔刷集合在一个特别的面板中，即UU面板。这是一种叫做"自定义笔刷"的面板，只要将笔刷选择面板中的笔刷图标拖曳到空白处，就能产生面板。以后需要添加新的变量到该面板，只需拖曳图标到该面板内即可。更改面板名称或删除面板，点击菜单【Window】中的【Custom Palette】。

图9-1-2中左边【Tracker】面板与用户自定义面板的不同在于：自定义面板实时记忆用户对该变量最后一次使用的情况，如笔头大小和属性等，适合快速切换使用。而

【Tracker】记录的是被锁定时固有的尺寸和属性，适合储存一些需要固定不变的笔刷变量。

● 图9-1-1　　　　　　　　　　　　　● 图9-1-2

　　如图9-1-3、图9-1-4所示，再次新建图层"Layer 2"，换另一种颜色的彩色铅笔，根据这个形体姿态，初步拟定出发型和服饰的设计元素。然后隐藏人体结构的草图层"Layer 1"，观察效果。

● 图9-1-3

● 图9-1-4

经过一番审视，觉得这个姿态似乎并不适合头饰夸张、衣裙飘逸宽大的设计，无法表现出更华丽大气的感觉，于是如图9-1-5所示，重新新建一个草图层"Layer 3"，为黛玉设计了一个更挺拔的姿势，并抬起一只手臂，配合头部的回首仰望，似乎在接天上飘下的花瓣，这样感觉动作更大气，能撑得起比较华丽的服饰，同时也符合笔者心中黛玉的孤高清冷的气质。

● 图9-1-5

对姿态感觉满意后，再新建图层"Layer 4"，这一次就可以放心地画出更富有服饰细节的草图了。如图9-1-6所示，有了前一次草稿的设计基础，对最终服饰的大体轮廓结构已经胸有成竹，头部发式只需配合姿态进行转面的设计即可，并同时将人物的表情描绘一下，基本是要表现出一种幽怨之美。然后是比较夸张的大领口和有装饰蝴蝶结、荷叶边设计的大袖口，这些设计元素就比较现代，是超越了原著的年代对美的重新演绎。

● 图9-1-6

接着是对裙摆的设计，如图9-1-7所示，从腰间就开始的层叠飘逸，花朵繁复，保留了舞台服装特有的华美，但又特地进行了收腰设计，重新补回了黛玉给人一贯的清瘦印象。

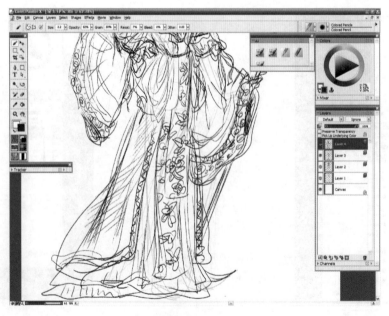

● 图9-1-7

　　缩小视图，最后增添如图9-1-8所示的一些代表气氛的曲线和花瓣，还有一个花篮，整体的构图就完成了。由于如题所表，这次要画的是黛玉给人美感的一种全新"印象"，因此背景会以虚幻的效果为主，在构图阶段没有过多的描述。

● 图9-1-8

# 9.2 草图细节和色彩确定

　　这次的插画风格也决定要"另类"一些，融合水彩和厚涂油画的双重风格，来表现黛玉的唯美清丽气质和现代感的华服质感。

　　如图9-2-1所示，删除所有被否决的草图层，在画布底层用数字水彩"Digital Watercolor"中的常用笔刷"New Simple Water"进行大面积涂抹，常用的水彩笔刷事先都被拖动到自定义面板中了。

　　使用的背景色基调是粉紫色，先确定背景色，就比较容易控制整体的氛围。个人认为这个色调比较适合黛玉此时的心情，又比较女性化，还是那句话，"一千人心中有一千个黛玉"，各人都可以有自己的理解，通过自己的理解产生对色调的设计。

● 图9-2-1

　　然后是底部的暗色，采用了很深的紫红色，而在头顶以上部分逐渐留白，使画面重心稳定，并让黛玉的裙摆隐入较暗的背景中，使之显现神秘的一面，脸部的侧转和顶部的光源，可以营造半张脸在阴影中的效果，也呼应了要求人物气质神秘的气氛。

　　浅米色的服饰色基调，和粉紫色背景交融在一起，若隐若现，对比突出人物主体。领口到裙底的装饰带一倾到底，使人物修长飘逸，和夸张的发饰一样使用了青色，首尾呼应。如图9-2-2所示，衣饰的华丽要体现在层次的丰富上，而不能是颜色上，否则就不是黛玉，而是其他什么妖冶艳俗的贵妇了。

● 图9-2-2

# 9.3 进一步深入上色

新建"Layer 5"图层,从头部开始深入地为主体上色。

头部主要有两点比较重要,一个是对发型、发饰的较为现代的表现,一个是脸部表情的表现。用"Oil Pastel"油画棒中的"Chunky Oil Pastel"来表现人物这一块,预示着戏剧化的服装会带给人油画般的厚重质感。

如图9-3-1所示,采用强光照射造成脸部轮廓突出,有反差,比较符合现代青年的欣赏口味。背光部分的漫反射的色调要符合背景色,而不是单纯的、更深的肉色。黛玉是一个活得比较纯粹而唯美的感性女子,是最接近"不食人间烟火"的一类人的写照,这造成她非常容易感伤,画低垂的眼帘使双眼朦胧,看不清眼球内的结构,更符合此情此景和她的性格。

● 图9-3-1

用更肯定的笔触画出较为清晰的边缘,用"Blender"融合笔中的"Just Add Water",对人物头部的色彩进行适度混合。这一套配合使用的笔刷变量,可以另外拖出一个新的自定义面板存放。见图9-3-2,花朵的头饰和耳环都采用非规则的造型,但是纯洁的白色,项链设计是一颗绿色宝石。

● 图9-3-2

　　然后是衣服部分，根据底层水彩的色调，在"人物色"层，继续用"Chunky Oil Pastel"涂抹更带有布料质感的色彩。适度保留一些区域的水彩底色，制造变幻的视觉效果。

　　如图9-3-3所示，用"Oils"油画笔中的"Detail Oil Brush"，给衣服添加褶皱的深色部分。

● 图9-3-3

这样直到全身衣服都铺完色，在衣袖和裙摆飘逸的地方，用油画类画笔的笔触表现要更轻柔甚至省略，留出水彩的轻盈通透感。然后如图9-3-4、图9-3-5所示，这里将要使用"Impasto"厚涂颜料笔刷中的一些变量，增加服装的层叠效果。打开画布菜单【Canvas】，找到"Surface Lighting"表面光源选项。

这一类立体厚涂笔刷的视觉效果，并非手绘画面上的立体效果，而是通过这一个选项，确定画布上方的"模拟真实世界的光照"的方向和强度等因素，使画面有三维软件的立体效果。就好比生活中用很厚的颜料堆叠作画，颜料超过画布的厚度部分，会因为灯光照射，产生真正的投影。

● 图9-3-4

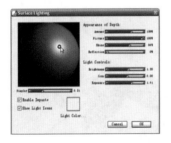

● 图9-3-5

在头部少量使用"立体化的魔法"，厚涂笔刷中的变量"Thick Clear Varnish"，将属性设置到如图9-3-6所示，可以涂抹出无色的"立体"细丝，模拟头发上纹路，也可以将项链的绞丝状立体感突出。

● 图9-3-6

立体效果的使用要适量，避免在背光处到处涂抹，导致不必要的光泽。

如图9-3-7所示，擦除厚涂颜料的痕迹，是无法使用常见的擦除工具的，因为那不是"颜色"，而是类似滤镜一样将颜色"凸出"，工具箱上的擦除工具 ◢ 则太"万能"，会把立体效果和颜色同时擦去，这也不是我们希望的，因此解铃还须系铃人，要从厚涂类"Impasto"中找到专门"烫平凸起"的工具"Depth Equalizer"。调节好大小，将多余或出界的立体效果推平消失掉。

凡是立体效果类的笔刷，想去掉立体感，保留色彩，都可以用这个变量。

作为一套同类，也把它们拖入第二个自定义笔刷面板中。

● 图9-3-7

在衣服上，将更多地使用这一对厚涂笔刷制造层次感，在此之前，必须有更详细的色彩细节，才能发挥立体的视觉效果。因此继续使用"Chunky Oil Pastels"，进一步添加衣褶的细节，如图9-3-8所示。

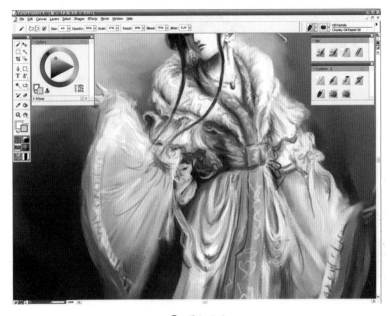

● 图9-3-8

见图9-3-9，缩小画布视图，继续配合深紫粉色的背景，将裙摆和蝴蝶结边缘位置的若隐若现感抹出来。并用较小尺寸的笔头，选如图的深色把袖口的荷叶边褶皱随意画出，虚虚实实，除了结构上交待清楚，不要太过纠结于细节的位置是否精确，这样会使画面效果变得过于实而僵硬，要时刻牢记这一次的创作感觉是要朦胧印象。

● 图9-3-9

当服装的色彩明暗基调都大致确定后，可以使用"Thick Clear Varnish"变量，在布面上涂抹一些不规则的花瓣等图案，营造出热闹而和谐的丰富视效。见图9-3-10。

● 图9-3-10

保持画面同步深入，接下来再把展开接花的手深入刻画一下。手腕隐藏在衣袖下，符合她的淑女仪态，细巧的手部面积不大，应使用上色实、笔头小的油画笔"Detail Oil Brush"来添加指间的细节，随时切换自定义面板中的"Just Add Water"变量，修正面的过渡。见图9-3-11。

● 图9-3-11

然后是左手和手持的花锄的基本明暗。如图9-3-12所示，用"Just Add Water"把裙摆附近的飘逸味道表现出来，尤其和深色的背景地面衔接的地方，处理得若隐若现。

● 图9-3-12

在厚涂笔刷类中，"Depth Eraser"并不是直接擦除的含义，而是擦到倒凹进去的程度，视觉上就是像雕刻一般把画布"刻掉一块"，反复涂抹会增加凹陷深度，如图9-3-13所示，用它给衣领、裙子前面的布和袖子边，刻出一道装饰边。

注意"Depth Eraser"的凹陷效果是相对的，如果把图层面板右上角的厚涂颜料效果"Add"改变，就能把当前层的厚涂效果转变成凸起、消失或叠加的视效，其他厚涂立体类笔刷效果也是同理。

● 图9-3-13

## 9.4 放大画布尺寸

为了使这张衣饰华丽、预期比较精美的插画能被更加深入刻画，经得起较大尺幅的印刷。需要把已画到一定程度的图放大。因为底层是水彩效果，而上层是油画类笔触的效果，在放大过程中，会因为不同属性而导致效果的错误，因此务必要先取消水彩的湿润属性并合并到一层。

如图9-4-1、图9-4-2所示，选中画布底层，在图层面板的命令下拉框中，找到"Dry Digital Watercolor"，干燥水彩层。然后使用"Ctrl+A"命令全选底层，用"F"快捷键调出图层调节器工具，单击底层，使其浮动成为一个图层。

如图9-4-3所示，使用之前章节讲到过的方法，合并图层"人物色"、"Layer 1"为"Group 1"（选中两层，"Ctrl+G"然后"Ctrl+Shift+X"）。

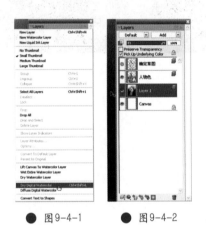

● 图9-4-1　　● 图9-4-2

● 图9-4-3

做好一切准备工作，就可以打开【Canvas】画布菜单的"Resize"命令，将"Width"宽度栏的调整依据改为"Percent"百分比，输入200，使画面尺寸扩大为原来的200%。见图9-4-4。不过这样做会很占用电脑资源，如果配置不够主流，可能会导致绘画时使用较大尺寸笔刷的下笔不流畅。

● 图9-4-4

# 9.5 添加更多花纹

合并后放大的图，就可以方便修改原本分在两层的衣服的颜色，现在的水彩背景已经只剩下当初的视觉效果，而在编辑上可以支持"Just Add Water"这样的过渡色工具了。

如图9-5-1所示，使用工具箱上的加深工具 ，对裙下摆处褶皱色彩还不够配合底部暗色调的地方进行加深。

● 图9-5-1

新建一个图层"Layer 1"，给衣服上所有青色镶边布匹添加一些印花。这里不采用常见的CG贴素材方式，目的是保持画面效果的朦胧自然、"印象派"。打开【Mixer】调色板，把将会被使用到的颜色调和出来，这里会使用比较显眼的粉色和比较深的蓝色。

在上色前，要把图层面板上的"Pick Up Underlying Color"选项勾中，确保上下层色彩的关联。如图9-5-2所示，使用一种方针油画鬃毛笔"RealBristle Brushes"，选择

"Real Flat"变量，在青色的布带上画出随意的花朵和曲线装饰。这类笔刷模拟真实画笔蘸颜料的特性，会出现颜料越涂越少、越淡的真实效果，这样画出来的印花整体效果就不容易太突兀于画布上。

● 图9-5-2

在使用调色板上的颜色时，继续补充一些同色系更深的色调，适合画更下面暗部的花纹。衣袖和衣领等地的画法同理，只不过面积窄小的地方，实体的花朵图案被一些不规则的装饰曲线替代，如图9-5-3所示。把图层"Layer 1"改名为"花纹"。

● 图9-5-2

## 9.6 "花瓣雨"制作

花纹添加完毕,整个人物从整体视图来看基本完整,接下来考虑如何让黛玉和花瓣互动。

一般情况下,花瓣不会很多,也只会从上到下飘落在地面,而在这个比较虚幻的背景中,花瓣的走势可以更具动感、更浪漫,和主人公有一种类似生命交流的互动感。

在画花瓣前,再整理一下背景的感觉。

如图9-6-1所示,用"Blender"笔刷中的"Grainy Water",进行带有一定纹理的色彩过渡。属性栏中,"Jitter"的值不是0,而是有一定的数值,使进行色彩过渡时的笔迹运动轨迹略带一些随机抖动。由于已经合并了图层,大号笔头就不要太接近人物,以免破坏人物外轮廓的完整性。

● 图9-6-1

这里的花瓣,如果用手绘,将是一个很大的工程,在这就可以用到Painter软件的便利工具——图像管创建功能了。图像管的使用过程,在前面的章节就有提到过。

新建一个空白文件,用粉红色系和绘制该插画用到的一些常见油画笔刷,配合喷枪笔刷变量"Soft Airbrush",设计不同角度和轮廓的花瓣。要记得每一片花瓣占用一个图层。如图9-6-2所示。

如图9-6-3所示，总共设计了大小不同的7种花瓣，这样可以增加画面的丰富程度。

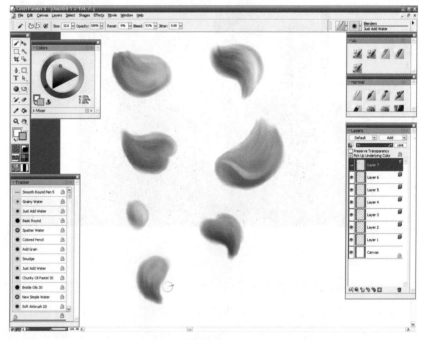

● 图9-6-3

如图9-6-4所示，群组所有的图层。

如图9-6-5、图9-6-6所示，由于绘制柔弱的花瓣使用过喷枪类工具，边缘难免有很多羽化效果。而在图案笔中，这样子会使制作图案时，对边缘的识别很不自然，因此填充画布底层为黑色，衬托花瓣的外缘，找到羽化的部分，每一图层都用"Eraser"来擦除。

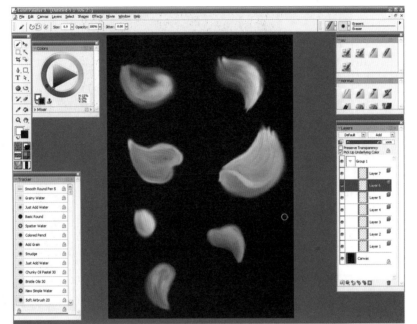

● 图9-6-4 　　　　　　　　　　　● 图9-6-5

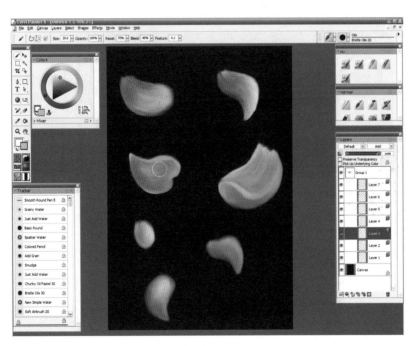

● 图9-6-6

如图9-6-7、图9-6-8所示，打开图像管面板■，选择"Make Nozzle From Group"命令，把清理干净的一组花瓣做成图像管文件，命名存盘，然后用"Load Nozzle"命令进行加载。

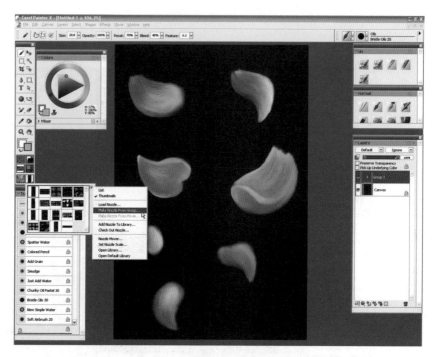

● 图9-6-7

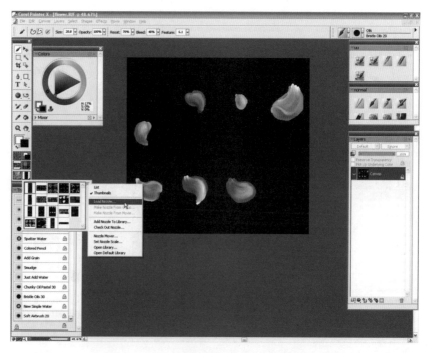

● 图9-6-8

在新建的"花瓣"层，选择图像管专用笔刷"Image Hose"中的"Spray-Size-R"喷撒方式，花瓣的构图进行了如图9-6-9所示设计：花瓣好似有生命似的，从天而降，围绕着爱惜花的黛玉四周螺旋形起舞。

● 图9-6-9

随着花瓣下坠到幽暗的地面，下方的花瓣色泽应进行加深处理。如图9-6-10所示，使用加深工具 ◎ ，从中段开始加深花瓣色彩。

● 图9-6-10

加深工具只能通过对需要的部分进行涂抹后，一定程度增加色彩饱和度达到色深目的，而对更暗的程度就无能为力了，因此如图9-6-11所示，使用自由选区工具，选择需要变得更深的区域。

● 图9-6-11

　　为了和环境协调，如图9-6-12、图9-6-13所示，将图层合成方式改为"Hard Light"，稍许降低不透明度，然后从【Effects】菜单的"Tonal Control"色调控制中，调出【Color Correction】色彩修正面板，将调节模式选为"Freehand"手动，对红绿蓝三原色的深浅进行调整，直到满意。

● 图9-6-12

● 图9-6-13

虽然花瓣层在人物层"Group 1"上方,可以遮盖下层色彩,但是厚涂笔刷所制造的仿三维立体效果却是无法被遮盖的(因为这是针对整个画布而言的"真正的凹凸感")。如图9-6-14所示,回到绘画人物的层"Group 1",用"Depth equalizer"把经过花瓣的地方都擦除。

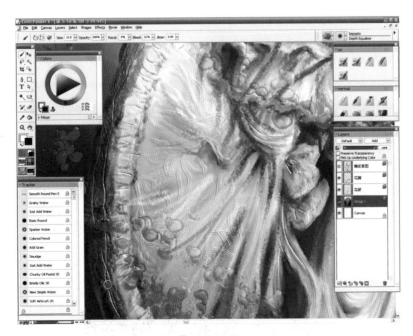

● 图9-6-14

然后是掉落在地上的一些花瓣,如图9-6-15所示另外新建一个图层"Layer 1",重新用图像管喷洒新的花瓣,但是把喷洒方式改成更适合的"Spray-Size-R Angle-D",

然后使用【Effects】菜单的"Tonal Control"中的明度、对比度调节"Brightnessl Contrast"命令,把花瓣颜色变暗。若还是不够,就用加深工具进一步调整。

● 图9-6-15

## 9.7 花锄基本构造

回到人物层,对花锄部分进行结构的设计。如图9-7-1所示,先对握锄的手进行细节刻画,要注意这只手的大部分区域处于暗部,暗调色泽上受环境影响,要带点灰紫色。

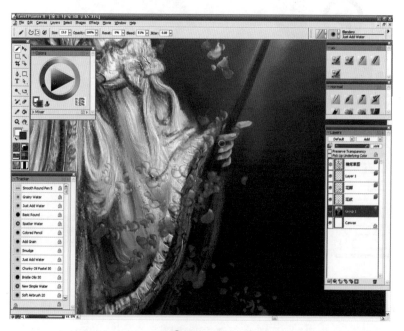

● 图9-7-1

如图9-7-2所示，用好油画细节笔"Detail Oil Brush"和纹理较为粗糙的"Chunky Oil Pastel"，对花锄的长柄进行深入的刻画。

花锄采用竹制的设计，首先用深色分出均匀的长度，将关节处凸出，每一节颜色随着离开光源的距离变远而采用更深且带有紫色环境影响的色泽。在之后的步骤中还会对花锄进行一些美化，为了顾全大局的进度，这里先暂告一段落。

● 图9-7-2

# 9.8 背景的虚幻强化

为了丰富虚幻式背景的变幻丰富程度，如图9-8-1所示，可以用一些照片素材的叠加来达到目的。这里选取了一张云层变化比较丰富且下半部分密集、上半部分舒缓的照片，比较适合融入本幅插画背景中。把"Layer 1"图层改名为"脚下花瓣"。

"Ctrl+A"全选照片，"Ctrl+C"复制并"Ctrl+V"粘贴到插画中，如图9-8-2所示命名为"Layer 1"，用图层调节工具，缩放到占满全部画面，并将它放置在人物层"Group 1"上方，"花瓣"层下方。

● 图9-8-1

● 图9-8-2

　　稍许降低这一层的不透明度，使下层的人物轮廓能被看到一些，然后要把遮住人物的部分擦掉，此时运用蒙版是比较好的选择。如图9-8-3、图9-8-4所示，在该层点击蒙版图标，建立一个蒙版。用鼠标选中蒙版（否则会编辑到画面本身），把颜色调到纯黑，在蒙版中这就是擦除的意思。用柔和喷枪工具  "Soft Airbrush"在人物轮廓内涂抹，使黛玉的形象逐渐透出来，不同的压感使透出的清晰程度不同。

● 图9-8-3　　　　　　　　　　　● 图9-8-4

　　然后把天空贴图层"Layer 1"的合成方式改为"Overlay"，使其在色彩上融入原先的背景，只保留多变的明暗。如图9-8-5所示。

● 图9-8-5

## 9.9 显现画布质感

为了让整个画面有在画布上的质感，我们更换画布纸张的素材，并把效果通过特效命令显现出来。

如图9-9-1、图9-9-2所示，首先选择适合这个较大尺寸画布的纹理，并设置三个滑竿的数值。然后通过【Effects】特效菜单的"Surface Control"表面控制分栏内找到"Apply Surface Texture"，将这种纸张的纹理立体应用到天空纹理层，注意此时要选中图层本身的图标，而不是蒙版。

出现如图9-9-3所示的对话框，"Using"内选择"Paper"——通过纸张素材给出立体效果，设定好数值和光源方向，从预览小窗观看效果，满意后单击 OK 。

应用以后的效果如图9-9-4所示，人物本身因为蒙版遮蔽，不会受此影响。如果需要局部人物和衣服受到质感影响，只需选中蒙版，用白色笔刷涂抹原先遮盖的区域，就能还原素材。

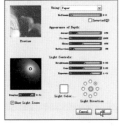

● 图9-9-3 　　　　　　　　　　　　　　　● 图9-9-4

## 9.10 进一步幻化背景

暂时关闭做完质感的层"Layer　1"，将人物层"Group　1"上的背景进一步幻化和调节颜色，配合好素材，产生更多变绚烂的效果。

专用于产生滤镜效果的笔刷"Distortion"中，有一个叫做"Turbulence"的变量，原意为海洋和天气等的乱流，在这里指能够使颜色产生疯狂随机扭动的乱流。如图9-10-1所示，在暗部适当用较大的笔刷刷过，让色彩产生随意的变动，不要靠近人物轮廓，以免发生变形。

● 图9-10-1

如图9-10-2、图9-10-3所示，从【Effects】特效菜单中的"Tonal Control"里调出"Adjust Colors"，再次微调颜色。

● 图9-10-2　　　　　　　　　　　　　　　　● 图9-10-3

如图9-10-4所示，重新打开素材遮盖层"Layer 1"观察，合成后效果更自然，暗部的变化也更丰富了。

● 图9-10-4

# 9.11 添加假山丰富内容

由于是全身像的插画,哪怕有丰富的背景色,也还是会显得较空。加一些若隐若现的场景衬托,效果会更好。

新建一个图层"Layer 2"画假山,由于它应该隐没于环境中,因此要在素材图层"Layer 1"之下。用"Oils"油画笔中的"Opaque Flat"变量进行大致的造型设计,假山不似真山,更不能像人体一样以对称为美,所以可以大胆用不同明暗的略微偏紫的灰色进行不规则的块面塑造,制造几个不同尺寸和形状的镂空洞眼,见图9-11-1。

● 图9-11-1

缩小笔头尺寸,进一步强化细节,需要的话可以使用调色板工具,将明暗色调排列组合出来。整体色调应该是很深的,否则会抢前景的瞩目度。如图9-11-2所示,可以适度使用加深工具,把暗部变得更暗。

● 图9-11-2

放大视图，修正过分粗糙的细节。图层"Layer 2"改名为"假山"。

为了使假山在色调上更融于整个虚幻背景中，可以对假山施加一层罩染。

新建一个图层"罩染"，改合成方式为"Gel"，然后用柔和喷枪工具抹上不同的环境彩色，如图9-11-3所示。调色板中设置的几个不同明度和色相的颜色，用于增强假山受光部分的彩度。偏上方则用天蓝色和青色，偏下方则用暗紫灰色和灰粉色。

"Gel"的叠加方式为：根据下层色彩情况，低于50的明度，加浅色上去会叠加更深，而高于50明度的地方，加浅色则会显现彩色。假山大部分区域明度低，整体色调还是深色，只有石壁边缘和顶部受到叠加的彩色的影响。添加丰富色彩后的石头假山就显得更玲珑神秘了。

● 图9-11-3

# 9.12 添加更多装饰细节

　　大的感觉搞定后，就要进一步丰富画面。黛玉的头部除了花、耳环和头饰要修精细，还可以在额头处添加一根坠子。

　　如图9-12-1所示，使用前面章节提到过的图案笔工具，随意在新层"装饰"上画一粒小珠子，制作成图案素材，用图案笔中的"Pattern Pen Transport"变量涂抹出一连串的细珠。然后再用常用的油画笔刷把吊坠宝珠画出。

● 图9-12-1

　　如图9-12-2所示，还是用之前章节提到过的【Effects】菜单中添加阴影命令，并用图层调节工具移动到合适的位置。一些好用的功能要牢记在心，灵活运用。

● 图9-12-2

见图9-12-3，从头发、花朵开始，把头部整体包括项链和领口的细节再修正一下。

● 图9-12-3

　　然后是设计花锄的装饰，显然要让大户人家的小姐拿一个没有装饰的花锄，也和整体现代华丽版黛玉插画的风格不够协调。

　　如图9-12-4、图9-12-5所示，在新建图层"绳结"上，把竹柄"打一个洞"，用深红色作绸缎飘带，青绿色作玉佩，设计出缠绕着飘逸绸带的缀玉，然后使用常见的油画笔刷逐步深入，添加高光、阴影和环境色。

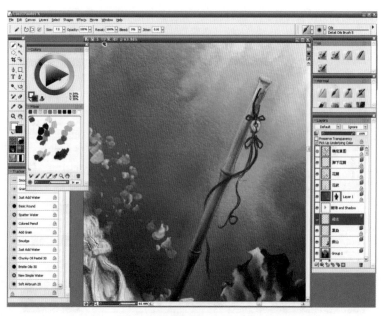

● 图9-12-4

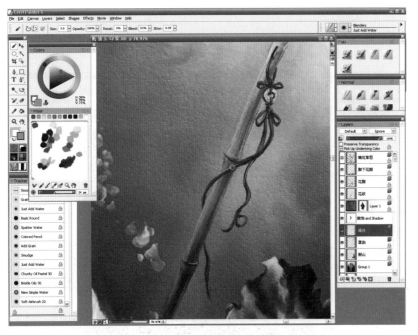

● 图9-12-5

有了花锄，还要有一个竹编花篮配套。

如图9-12-6所示，首先新建"花篮"层，用常见的竹藤色画出大致的框架。

● 图9-12-6

用彩色铅笔"Colored Pencil"画出基本藤编结构，进一步增添深色，让竹篮没入深色背景，见图9-12-7。

● 图9-12-7

这里尝试使用一种设置光源的方法使竹篮更溶入环境色。

如图9-12-8~图9-12-10所示，打开【Effects】菜单的"Surface Control"表面控制中的"Apply Lighting"，得到应用光源的对话框，该光源仅对当前图层有效。选择一个合适的光源方案，拖动小灯泡到合适的位置，转动灯泡的手柄确定方向，然后是调节滑竿，使光的范围和强度都达到合理的感觉。这里把"Light Color"灯光颜色改成了粉红色，使光照符合整体环境的色调。全部做完后单击 OK 查看效果。

● 图9-12-8

● 图9-12-9

● 图9-12-10

放大视图，如图9-12-11所示，用细节油画笔刷刻画一些细部的明暗结构变化。

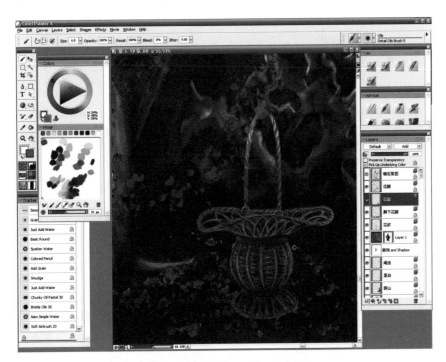

● 图9-12-11

用"Blender"笔刷中的"Blur"变量，模糊一下花篮的底部，这一切都是要将花篮的存在感削弱，但之前所作的细节刻画也不可少。再弱的配角也不能忽略结构上的准确度，见图9-12-12。

● 图9-12-12

接下来是对环绕黛玉的花瓣再进行一次处理，使他们更有存在感。如图9-12-13所示，选择"花瓣"层，向刚才为背景添加画布质感一样，使用"Apply Surface Texture"命令。

● 图9-12-13

在出现的对话框中，"Using"处改选"Image Luminance"，这样立体质感的依据就不是默认的"Paper"纸张，而是根据色彩本身的明暗产生立体效果，见图9-12-14、图9-12-15。效果出来以后比较强烈，最上方光线强烈处，可以用"Just Add Water"工具把阴影边缘模糊掉一些，弱化对比。

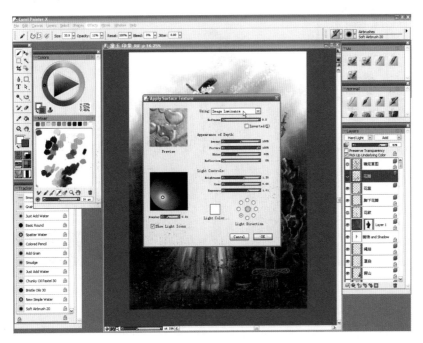

● 图9-12-14

● 图9-12-15

回到人物层"Group 1"，在花瓣附近用调大"Jitter"数值的"Just Add Water"，再给亮处的背景来一点变化，见图9-12-16。

● 图9-12-16

观察整体效果，花篮的存在感还是偏强，继续用几种方法来削弱这种感观。如图9-12-17、图9-12-18所示，使用【Effects】菜单中"Focus"的"Depth of Field"，在前面章节绘画血精灵也用过一次，还记得吗？就是让当前图层的颜色经由一种特定的模糊处理，产生在画面的纵深处的效果。

● 图9-12-17

● 图9-12-18

整体添加"Depth of Field"景深模糊后,在同一个"Focus"菜单还有其他的模糊命令,这里可以使用"Super Soften"再次进行超级模糊,如图9-12-19所示。

● 图9-12-19

"花篮"层所在的位置也影响其与地面的关系和存在感的强弱。

如图9-12-20所示,将"花篮"层拖动到素材层"Layer 1"下方,从纹理上被遮盖的方法也能让它进一步融入环境。选择"脚下花瓣"层,因为它还在素材层"Layer 1"上方,保持了花瓣原有的光洁纹理,但物理上应该被花篮压到,所以要用"Eraser"擦掉一些挡住花篮的花瓣。

● 图9-12-20

到此时插画就完成了，新建一个"签名"层，选择钢笔和浅紫色在已经溶入背景的竹编花篮边签名，可以进一步把观者对花篮部分的注意力分散去一些，如图9-12-21所示。

● 图9-12-21

一个符合现代青年审美习惯的、华丽唯美又不失高雅气质的黛玉完成了。最终效果。如图9-12-22所示。

● 图9-12-22

# 神话之远古的召唤

## 10.1 创意的诞生

创作灵感来自于平时的积累。本作的线稿雏形诞生在外出的火车上，始于速写本上。画面主题是表现异族的萨满用法螺召唤神典中乌鸦之神的一幕。

在线稿阶段，已经确认作品主题与即将表现的效果，并用黑白线条和块面做了明暗的表示。

使用Photoshop，打开扫描完的图片，用曲线工具稍做明暗调整。如图10-1-1所示，尚有很多不确定细节和头脑风暴留下的其他小草图，因此要调整线稿的位置，等上色时，把不需要的部分擦除，或者用色彩层直接覆盖。

● 图10-1-1

## 10.2 色彩确定

可在扫描图上直接进行简单地罩色，也可新建图层，看个人喜好。

本作使用的是默认的基本圆头笔，不透明度基本是100%，如果有降低不透明度，请参考之后软件截图上的笔刷属性。

就此将画面主体色调表现出来，根据表现的插画内容，本作使用了大面积的冷色调。保存，如图10-2-1所示。

● 图10-2-1

# 10.3 主体的深入刻画

在Painter中打开图 (笔者使用了较老的Painter 6.0版本)，对人物头部的羽毛部分进行上色，并稍做质感表现，使用的是粉笔工具"Sharp Chalk"。

如图10-3-1所示，有深色的底稿衬托，主要是增加一些较亮的色，产生初步的立体层次对比。

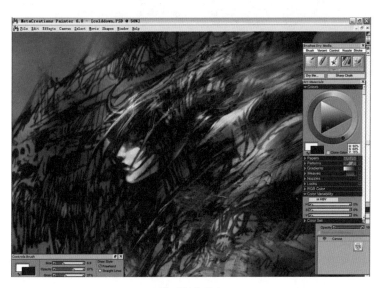

● 图10-3-1

缩小画面观察，对整体光影进行检查和调整，确保每绘画一阵细节就要回头顾及整体的色调和气氛和谐，如图10-3-2所示。

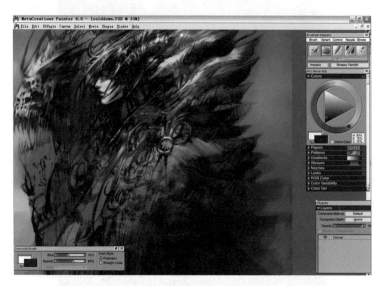

● 图10-3-2

如图10-3-3所示，对人物肩部的羽毛与背景色彩稍做融合绘制，并表现羽毛部分质感，注意理顺虚实关系。虚化人物的局部，为画面作适当的减法，是为了更好地突出主要部分。

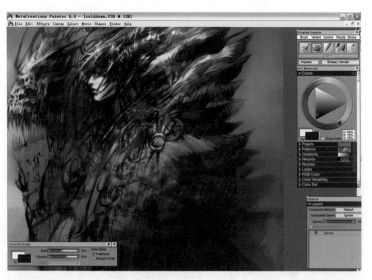

● 图10-3-3

人物主体的质感和羽毛的质感绘制，使用Painter的粉笔笔刷更具有表现力，而其他部分将回到Photoshop内来完成。

## 10.4 增加再创作的内容

在Photoshop中打开文件,在主体人物上添加重要的右手。由于对角色的定位是独手,所以在表现上将加强对右手的质感表现,并且对手臂长度做了艺术夸张,如图10-4-1所示。

● 图10-4-1

放大画笔尺寸,对周围环境、物体颜色和暗部初始结构进行调整,如图10-4-2所示。

● 图10-4-2

如图10-4-3所示，使用小些的笔头尺寸，对肩膀、手臂等部位的肌肉结构稍做表现，并相应的细化背景和人物身体周围的衣服、羽毛。

● 图10-4-3

如图10-4-4所示，继续通过较小的笔头尺寸调整不同的明暗色彩变化，细化人物身后的怪物和羽毛附近的部分细节。通常次要物体要衬托前面的主体，色调上可以偏灰些。

● 图10-4-4

## 10.5 强化细节

基本结构都交代清楚后, 放大画布尺寸, 开始继续增强人头主体附近的装饰细节, 细化人物手臂肌和周围的颜色变化, 以及相对细节。

注意明暗的对比要大胆, 到处都亮就等于到处都不亮, 如图10-5-1所示。

● 图10-5-1

如图10-5-2所示, 接下来是添加手臂上的相对明暗色调, 为手上法螺增添初步的光影, 以及身上羽毛等其他细节的亮部色, 丰富画面。手臂和头部都是主体, 因此都是重点细节刻画对象, 亮度上也更显眼些, 周围的衬托色要暗下去。

● 图10-5-2

如图10-5-3所示，相对地增加暗部细节和背景细节。所谓相对，即始终记得不要抢主体亮部的风头，细节的彩度要控制住。

● 图10-5-3

如图10-5-4、图10-5-5所示，着重细化法螺的细节，增添结构明暗，并开始画身体部分细节和背景。

● 图10-5-4

● 图10-5-5

　　对画面整体色调做调节,一般可用Ctrl+M进行。在天空中画上乌鸦神的局部,如图
10-5-6所示,作为虚幻的被召唤神,色的控制上注意对比不要过于强烈,要基本融于天空
色调中。

● 图10-5-6

继续对人物主体头部羽毛和肩部进行更多的刻画，增强光源影响造成的细节，如图10-5-7所示。

● 图10-5-7

如图10-5-8所示，接着使用小笔头，增加画面下半部分的细节，并对暗部增加细节。相应调节背景细节变化。

● 图10-5-8

如图10-5-9所示，放大画布到法螺部分，用细小的笔和亮色表现法螺中心的质感和光感，笔触上要有线条设计感，使法螺的神秘和灵力得以体现。

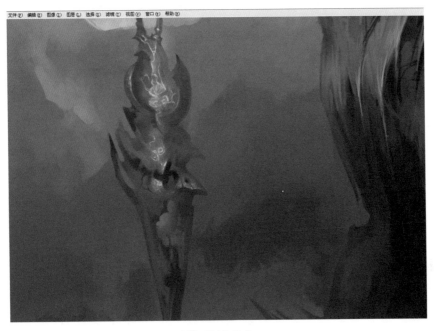

● 图10-5-9

如图10-5-10所示，始终记得观察全局，回到头部中心，相应调整颜色，并增加更多细节，注意控制新增细节的颜色要和全局色调保持和谐。

● 图10-5-10

回到法螺部分，用细小的笔头添加法螺补色。通过明暗关系加强质感，并增强与背景的对比颜色变化，如图10-5-11所示。

● 图10-5-11

然后是添加丰富画面性质的细节，对右手着重表现手臂上渲染开的纹路，并考虑光源影响，做出初步的色调设计。这里是再次导入Painter中进行手臂花纹的刻画，如图10-5-12所示，使用"F-X"笔刷中的"Glow"，能对局部进行发光处理，一般用色盘中较深色彩时，涂抹出的发光效果更逼真，而不是泛白。

● 图10-5-12

再到Photoshop中打开作品，整体增加手臂光源，并添加细节，如图10-5-13所示。

● 图10-5-13

对手臂的质感进行更进一步的表现，突出手臂强化的特殊质感，并使用亮色和小号的笔头画出手臂上符咒的细节，如图10-5-14所示。

● 图10-5-14

继续强化各个主要部分的质感，如图10-5-15所示。

● 图10-5-15

如图10-5-16所示，刻画进入了尾声，放大画布，四处观察，细化所有细节的部分，在色彩和虚实上达到协调，并对乌鸦神和天空的细节进行调整。

● 图10-5-16

作品完成，效果如图10-5-17所示。

◎ 在整个创作过程中，一直将画面控制在冷峻神秘的氛围下，所以只在暗部和亮部细节增加暖灰色调，并未出现大块暖色，以达到氛围协调。

● 图10-5-17

# 作者简介

## 何雪梦

数字插画艺术家

澳大利亚悉尼Inbi World艺术总监

上海大学CIA动漫游戏培训 资深Painter讲师

自幼习画，5岁初露头角，国画作品送日本大阪展出，并在上海电视台少儿节目《神笔马良》中被介绍。15岁时第一次烧制了属于自己的独一份釉上彩仕女图瓷盘。

作为国际商业美术设计师，于2003年受聘澳大利亚悉尼Inbi World国际文化学术研究中心，出任艺术总监。插画插图作品见于《Yerba Mate》、《Eight movements of Lu Dongbin》、《Art of Bedchambers》、《Art of Strengthening Yin》、《Code de Vino》《、Hawaian Alchemy》、《Art of Cabernet Sauvignon》、《Egyptian Alchemy》、《African Alchemy》、《Capoeira》等国外文化类书籍杂志中，以表现世界各地古老文明为主。

致力于研究Painter数字绘画软件的使用后，成功转型为CG插画艺术家，于2005年开始作为CIA高级Painter讲师至今。

现已出版：视频教学光盘《即学即会系列——Painter IX电脑绘画大师》、《即学即会系列——Painter X电脑绘画大师》；书籍《Painter角色设计实用教程》。